離婚しそうな私が
結婚を続けている29の理由

アルテイシア

幻冬舎文庫

はじめに

本書は「結婚っていいよ！」とおすすめする1冊ではない。

恋愛・結婚・出産は個人の自由であり、他人が口出しすることじゃない。私は「恋愛・結婚・出産が女の幸せ」という呪いを地獄の業火で燃やし尽くしてやる……！と中二病的な野望を抱いている。

ゆえにデビューから一貫して「結婚＝幸せ、じゃない」「結婚は単なる箱で、中身は50年の共同生活」と書いてきた。

本書は私が夫という1人の人間と出会い、共同生活する中で体験したこと、考えたこと、感じたこと、自身が変わったこと、について綴った1冊である。

収録されている29本のコラムは、「59番目のマリアージュ」「アルテイシアの59番目の結婚生活」というタイトルで連載していたコラムに加筆修正したものだ。
「離婚しそうな私が結婚を続けている29の理由」というタイトルは、幻冬舎の担当編集・羽賀千恵さんがつけてくれた。このタイトルになったのは本文中にもあるように、私が「いかにも離婚しそう」と言われる女だったからである。

独身時代の私は誰と付き合っても長続きせず、松屋やすき家なみの回転率で彼氏が替わっていた。周りから「飽きっぽくて、継続的なパートナーシップを築けない女」と思われても無理はない。

でも本人はいたって真剣に、生涯のパートナーを探していたのだ。毒親育ちで家族と絶縁していたため、結婚して自分だけの新しい家族を作りたかった。

だけどどうやってもうまくいかず、「なぜ私は結婚できないの？　前世で墓に放火とかしたの？　オギャー！」と恋愛無間地獄でギャン泣きしていた。

今ならわかる。私が結婚できなかったのは、夫と出会ってなかったからだ。私は夫じゃなければ一緒に暮らせなかったし、夫以外の人と結婚しても離婚していただろう。

地獄行脚の末、29歳の時にたまたま夫と出会い、それがキッカケで作家デビューして、結婚生活は14年目に突入している。

14年の間にはいろいろあった。その「いろいろ」が本書に詰まっているが、いくつかトピックをあげると、40歳の時に子宮全摘手術を受けた。

我々夫婦は選択的子ナシなので、「とるぜ、子宮！」と迷いはなかったが、やはり臓器をとるのは大変である。老人性のイボをとるのとは話が違う。

しかも私は北半球一の痛がりなので、本文中にもあるように、手術の翌日は弁慶の立ち往生みたくなっていた。それでも子宮を断捨離して生理とおさらばしたことで、人生の幸福度が爆上りした。

その経緯を綴った「子宮全摘シリーズ」は、連載当時たくさんの反響をいただいた。婦人科系の病気を抱える女性たちから「子宮をとってもビッシャビシャ！　とか、赤裸々な話を知れてよかった」と感想をもらったのは、特に嬉しかった。

その他のトピックとしては、10年前、母親が自宅で遺体となって発見された。そして昨年、父親が自殺して遺体となって発見された。

「親が遺体で発見されがちな43歳ＤＥＡＴＨ！」と自己紹介すると「おまえが殺したんじゃないか」と疑われそうだが、私は誰も殺してないし、サイコパスでもない。一応、人並みの良心や感情をもつ人間なので、毒親問題には苦しんできた。

母の死について綴った「ＶＥＲＹ妻になりたかった母の死」は、連載当時バズってツイッターのトレンド入りもした。母は有名になりたかった人なので、草葉の陰で喜んでいる、かどうかは知らないが、私は書きたいことを書けてスッキリした。

父の自殺について綴った「毒親の送り方シリーズ」には「親が死んだ時の具体的なマニュアルとして使える」との声が寄せられた。親が自殺した時に、というと縁起が悪すぎるが、いきなり死亡した時に役立ててもらえると嬉しい。

さらにその後、父の遺した借金騒動が勃発した。その件は幻冬舎プラスで現在も連載中の「アルテイシアの59番目の結婚生活」に「わが家に借金取りがやってきた！シリーズ」として綴っている。

海外ドラマのように毒親トラブルが何シーズンも続くのは勘弁だが、この時もいろいろ学ぶことが多かった。

そんなこんなで、現在の私は毒親の呪いから解放されて「毎日楽しい！　オッペケペ〜〜」と愉快に生きている。親が死ぬ前に和解しないと後悔する、なんてことは全然なかった。

本書には毒親本人や、毒親ポルノ発言をしてくる人への対処法も載せているので、毒親フレンズに役立ててもらえると嬉しい。

母の葬儀の後、火葬場で「焼き上がりはいつですか？」と聞いて親戚にたしなめられたが、振り返ると子どもの頃から「思ったことをそのまま言うな」と怒られ続ける人生だった。

そして今も思ったことをそのまま書いて、そのコラムを読んだ読者の方々から「不謹慎だけど、爆笑しました！」と感想をもらえるのは大きな喜びである。「いろいろあったけど、ここまで生き延びてよかったな」と思う。なので不謹慎とか気にせず、オッペケペ〜〜と気楽に読んでもらえれば幸いである。

離婚しそうな私が結婚を続けている29の理由

目次

離婚しそうな私が結婚を続けている29の理由

1 VERY妻になりたかった母の死

母は「VERY妻」になりたかったんだな、今になってそう思う。

キラキラ女子の最終目標、勝ち組の象徴。ハイスペ夫と結婚してセレブ主婦と呼ばれ、子どもを有名私立に通わせて、「幸せそう」と周りから羨まれる存在。

母はその目標を叶えたけれど、全然幸せそうじゃなかった。そして最期は誰にも看取られず、1人暮らしの部屋で遺体で発見された。

彼女はとても美しい人だった。私は男女の双子として生まれたが、母似の弟は若い頃にモデルをしていた。一方の私は父似で、父は左とん平に似ている。

中学時代、弟の同級生に「おまえの姉ちゃん、ブスだな！　ガッカリ！」と言われたことを、今もひたむきに恨んでいる。とはいえ、男女の双子だったのは幸いだった。

もし双子の姉妹だったら、楳図かずお的な惨劇が起きていたかもしれない。

母は若い頃からセレブ志向が強かったらしく、「何人ものお金持ちに求婚されて、その中で一番いい家のお坊ちゃんだった父と結婚した」と話していた。24歳の時に結婚した父は高学歴のエリートで、親から継いだ会社を経営していた。

母は自分の学歴の低さがコンプレックスだったのか、私と弟を有名私立中学に入れるのに必死だった。「あなたのためよ」と言われたけれど、そんなのは詭弁《きべん》だと子どもでもわかる。

当時の母の日記には「いとこの○○ちゃんよりもいい学校に入れる！」と書かれており、私と弟は代理戦争に巻き込まれ、マウンティングの道具にされたのだ。友達と遊ぶことも許されず、スパルタ塾に毎日通わされて、塾では成績が悪いとビンタされた。私を殴った塾講師がまだ生きてたら絶対に殺してやる。

そんなクソみたいな受験地獄を経て、私と弟は有名私立中学に合格した。入学式の日、誇らしげな母を「自分が勉強したわけじゃないのに、バカじゃないか」と冷めた目で見ていた私。その頃の母は38歳で、夫婦仲は冷めきっており、父は家に帰らなくなっていた。そして私が中学生の時にバブル崩壊で父の会社が傾き始め、結婚生活も破たんしたらしい。

「らしい」というのは、私は両親が離婚したことを親戚から聞かされたからだ。親戚のおばさんに「あなたも大変ねえ、ご両親が離婚して」と言われて「えっ、うちの親離婚してたの？」とびっくりした。「夫婦円満で幸せなセレブ妻」でいたかった母は、子どもにすら真実を告げなかったのだ。

みえっぱりでブランド好きでミーハーな母のことを、私はどうしても好きになれなかった。

専業主婦だった母は「有名ファッションデザイナーになりたい」「有名レストランのオーナーになりたい」と夢を語っていた。とにかく有名になりたかったようだが、そのための努力は何もしてなかったし、そもそも服や料理に興味もなかった。

結局、母の基準はすべて「他人に憧れられること」。自分のモノサシを持たず、「誰がなんと言おうと、自分はこれが好き」と言えるものがなかったことが、彼女の一番の不幸だったんじゃないか。

私が高校生になった頃から、母は酒に溺れるようになった。「知り合いの誰々さんにバカにされた」と深夜に無言電話をかけたり、「有名人の誰々にプロポーズされた」と電波トークを話し続けたり。リストカットやオーバードーズもするようになり、何度か救急車で運ばれたこともあった。

彼女がどんどん壊れていくのを私は止められなかった。母が搬送された先の病院で、父に電話すると「俺には関係ない」と無視されて、母の父である祖父からは「おまえがついていながら何やってるんだ！」と怒鳴られた。

ちなみにこのジジイ殿は、普段は優しい子煩悩なジジイなのである。娘が心配なあまり動揺して怒鳴ったのだろうが、こっちは高校生の子どもやぞ？という話である。

このままでは自分か母を殺してしまう、そう思った私は「逃げよう」と決意した。その選択をした10代の自分を褒めてやりたい。自殺や他殺をするより、逃げた方が5億倍マシだから。

18歳の春、地元の国立大学に進んだ私はバイトしながら自活を始めた。4畳半の安いアパート暮らしだったけど、何物にも代えられない自由を手に入れた。

そして年が明けた1月、阪神大震災が起こった。私も神戸で被災して、友人や知人を亡くした。たしかあれは地震の3日後だったか、瓦礫《がれき》だらけの三宮の街でバッタリ父に出くわした時「なんやおまえ、生きとったんか」と言われた。

震災の報道でメディアは「家族の絆」を強調するが、それがない人間だっているのだ。それまでの私は1人しかセックスの経験がなかったけど、その後、何十人もの男とやりまくった。

ビッチデビューの後、22歳の時に広告会社に入社。大学時代はバイト漬けの自分と同級生を比べてつらかったので、社会人になれたことは嬉しかった。もうお金の心配をしなくてすむ！　と喜んだのも束の間、父は私に金をせびり続け、借金の保証人になれと脅し、弟の奨学金を使いこむなど、ろくでなしの例文のような行動を繰り返していた。

ところがこの父には20代の美人の彼女がいたのだ、借金まみれの左とん平のくせに。「若く美しい女が好きな男は、年をとった妻を捨てて、新たに若く美しい女を求める」というデフォルト地獄絵図。

父と母は似た者同士だったと思う。つねに自分が一番の自己愛の強すぎる者同士、スペック狙いで結婚した者同士の悲惨な末路。大人は勝手に不幸になればいいが、その子どもも巻き込まれる。広告会社時代も、母は昼夜を問わず電話をかけてきて、無視すると何十件も着信がつき、それでも無視すると職場に押しかけてくる、という毒親仕草を見せつけた。

28歳、体を壊して会社を辞めたと伝えた時も、母は「あなたは辞めてないわよ」と認めようとしなかった。「有名企業に勤めるエリートの娘じゃなきゃイヤなんだな。娘の体の心配よりも、そっちの方が大事なんだ」。そんな母には慣れていたけど、もちろん深く傷ついた。

ダイジェスト版でお届けしているが、私はその全てにめちゃめちゃ傷ついていたのだ。それでこれ以上傷つくのは無理と思って、携帯も住所も変えて、ついに逃げ切ることに成功した。29歳で夫と結婚した時も、当然親には知らせなかった。

33歳の時、母の妹である叔母から連絡が入った。母が拒食症で入院して、生きるか死ぬかの瀬戸際だという。59歳の母は身長160センチで体重は30キロ台まで痩せており、数年ぶりに対面した私は「バタリアンのオバンバみたいになっとる……！」と息を呑んだ。

ICUで管につながれた母は意識障害を起こしていて、私のことを「中曽根さん」と呼んだ。とっさに「やあ大統領、ロンと呼んでいいかな？」と中曽根さんらしく振舞った私。私が誰かわからない母を見て「今の母なら愛せる」と思った。今の母なら私を傷つけないから。

とはいえ積年の恨みはあったが、「死にかけの老人を見捨てるのは己の仁義に反する」と思い、病院に通った。ここで叔母に丸投げしたら、自分を許せなくて後悔すると思ったから。

私はあくまで自分のためにそう判断したのであり、無視するのも全然アリだ。とにかく、自分のしたいようにするのが一番だと思う。

2ヶ月の入院中、夫は親身に支えてくれて「この人と結婚してよかったな」と実感した。いつも話を聞いて励ましてくれる女友達にも救われた。一方の母は昔から友達がいない人で、その時も見舞いにくる人は誰もいなかった。

母の容体はみるみる回復していき、口を開けばワガママの通常運転に戻った。「今回、入院して気づいたの」と言うので、感謝でも口にするのかな？　と思ったら「私、もっとみんなにお世話されたいって」と言われて「信長みてえだな」と感心した。

天上天下唯我独尊、他人は自分のために存在する。母は本気でそう信じていたのだろう。第六天魔王になりたかったわけじゃなく、母はいつまでも「チヤホヤされる美しいお姫様」でいたかったのだ。

入院前の母の手帳には「目指せ32キロ♡」と丸文字で書いてあった。痩せたら美しくなってチヤホヤされる、という少女のままの発想だったのだろう。

ある日、病室に入ると、しわしわのミイラみたいな母が男性医師に「男の人を紹介して」「お医者さんと結婚したいの」と訴えていた。それが母に会った最期になった。

退院から数ヶ月たった、真冬の午後。1人暮らしの部屋で母の遺体が発見された。

家で遺体が発見された場合は「変死」という扱いになるらしい。現場には警察の捜査官が来ていて、遺体の確認や現場の立ち合いは夫にしてもらった。一生モノのトラウマになると思ったので、母の遺体を見なくてよかった。捜査官はわりと希望を聞いてくれるので、「絶対吐くから無理です！」とか遠慮せずに伝えよう（親が変死した時の豆知識)。

ちなみにその時、夫は海外ドラマ『24』のジャンパーを着ていて、背中には「連邦捜査官」のロゴが。「こんな服着てくるんじゃなかった……」と呟く夫に「こんな状況でも笑わせてくれて、ありがたい」と感謝した私。

検死の結果、死因は心臓発作だった。退院後もろくに食事をとらず、栄養不足で体が弱り切っていたのだろう。59歳の母の部屋には壁一面、20代のギャルが着るような服がかかっていて、ホラーみが漂っていた。

「若く美しい女が男に選ばれて幸せにしてもらう」という呪いにかかったまま、死んでいった母。

私が子どもの頃からディズニー映画の『シンデレラ』や『白雪姫』を好きじゃなかったのは、母への反発があったからかもしれない。また母から一度も「かわいい」と言われたことがなく、「ワイはブスや」と自覚していたからかもしれない。ディズニーが「眠れる森のブス」「ブスと野獣」とか作ってたら、共感できたのだろうか。

ブスはさておき、母の葬儀はごくわずかな親族のみで行った。多少は泣くかな？と思ったが、一滴の涙も出なかった。火葬場では「焼き上がりはいつですか？」と職員さんに聞いて、叔母にたしなめられた。

火葬場で焼き上がりを待つ間、弟とこんな会話を交わした。

「僕たち、血も涙もない姉弟なのかな？『東京タワー』のリリー・フランキーみたいな人もいるのに」

「羨ましいよね、お母さんが死んであんなに悲しめて。でもしかたないよ、もらってないものは返せないから」

正直、私は母が死んでホッとした。と言うと「親不孝者！　人でなし！」と石が飛んできそうだが、剛速球で投げ返してやる。「二度と火山の爆発に怯えずにすむ」という気持ちは、経験した人間にしかわからない。親が死んで悲しめない子どもが一番悲しいのに。

私は母を愛したかったし、母に愛されたかった。でもどうやっても無理で、母のことが嫌いだった。親だろうが誰だろうが、人には嫌いな人を嫌う権利がある。そして母を嫌いだったからこそ、私は彼女のようにならずにすんだ。

母のような結婚をしなかったから、私は今幸せなのだと思う。「誰がなんと言おうと、自分はこの人が好き」と思う相手と一緒に暮らして、毒親の呪いからも解放された。

親子ガチャがハズレでも、人は自分でパートナーを選んで、新しい家族を作れる。パートナーがいなくても、自分で自分を幸せにできる。世間や他人は関係なく、自分にとっての幸せが何かをわかっていれば。

母の葬儀で「もし今の私が不幸だったら、死んだ後も母への恨みが消えなかっただろうな」と思った。でもその時の私は「いろいろあったけど、今が幸せだからまあいっか」と思えた。そして母の棺を「お疲れさん！　もし転生とかあるなら、次回は幸せになってね」とサッパリした気分で見送った。

でも本当は来世でリベンジを狙うんじゃなく、今生で幸せになってほしかった。いいお母さんじゃなくてよかったから、笑顔でいてほしかった。あんな死に方してほしくなかった。

今でも街で母に似た人を見かけると、ギョッとして親指を隠す。でももし天国とかあるなら、そこで中年を過ぎた女同士、腹を割って話してみたいなと思う。

2 まさか自分が友情結婚するなんて

『59番目のプロポーズ』で作家デビューしてから14年が過ぎた。

夫との出会いから結婚までを綴ったこの作品はドラマ化されたのだが、主演の2人が結婚して離婚して再婚したのを見ても、14年って長いなあと思う。そんな諸事情により、ドラマが再放送やDVD化されることはないだろう、永遠《とわ》にともに。

『59番目』の夫と出会ったのは、29歳の冬だった。たまたま近所のバーで飲んでいた時、私のガラケーの着ボイスが鳴った。

「間違いない、メールだ！」（CV古谷徹）

その瞬間、カウンターにいた男が「アムロか？」と振り向いた。視線を交わしたその刹那、眉間から稲妻が飛び出して「これも運命なの？　アムロ……」と恋に落ちることは全然なかった。

そもそも私たちの間に恋はなかった。ときめきもドキドキもなかったし、エロスやパトスがほとばしることもなかった。ついでに夫はグルメにまるで興味がなかったので、こじゃれたレストランでデートすることもなかった。大抵はスーパーで食材を買って、我が家で適当に鍋とか作って食べた。

キスもする前から同棲しているみたいだった。でも「ザク切りにした野菜をグフグフ煮てジオン鍋」とか言いつつ、2人でごはんを食べるのは楽しかった。

私たちはアムロとララァではなく、ドラえもんとのび太のような関係だった。部屋の床に寝転がって、おやつを食べて漫画を読んだり昼寝をしたり。

そんなぬるま湯みたいな空間で過ごしつつ、「家族ってこういうものかも？」と思った。今までは熱湯と水風呂を反復横とびするようなアップダウンの激しさ、それに伴う心拍数の上昇を、恋と錯覚していたのかと。

20代の私を知る人に久しぶりに会うと「え、離婚してないの？」と驚かれる。当時の私は誰と付き合っても長続きせず、いかにも離婚しそうな女に見えたのだろう。「なんで離婚してないの？」という問いに対する答えは「夫のことが好きだから」である。じゃあ私は夫のどこが好きなのか？　と改めて考えてみた。

我が夫の好きなところ。ぱっと3万個ほど浮かぶが、一番好きなところは「弱い立場の人間や動物に優しいところ」だろう。昔、2人で近所の小さなペットショップに行ったら、よぼよぼの老マルチーズがケージに入れられていた。「この子はどうしたの？」と店主に聞くと「高齢の飼い主さんが入院してしまって、引き取り手がないからうちで預かってるんです」。それを聞いた瞬間、夫が「うちで飼おうよ」と言った。その言葉に「そういうとこやぞ」と私は思った。

もちろん、夫に対する不満も3万個ほどある。でもとっさに「引き取り手のない老犬を飼おう」と言える優しさがあるから、この人と結婚してよかったと思うのだ。

ちなみにその飼い主さんは奇跡の復活をとげて、老犬は無事自宅に戻った。また同じような境遇の犬猫に出会ったら、夫は飼おうと言うだろう。

「いっそ会社を辞めて、ペット向けの老人ホームでも作ったら？」と言うと「それはいいな。犬猫だけじゃなく、鳥や爬虫類も預かりたい」とのこと。夫はお金の計算とか全然できないので、本気でやる際は私が経営面をサポートしようと思う。


夫はお金の計算どころか、分数の割り算もできないことに驚いたが、一応会社員をしている。

結婚前に「俺は絶対に出世しない」と宣言されて「そうやろな、べつに出世なんかしなくていいよ」と返したが、現在の夫は一応管理職をしている。彼がマネジメントする部署は「療養所」と呼ばれているそうだ。激務やパワハラが原因で休職した社員たちが「夫の部署に異動したい」と転属してくるからだという。


夫は上司のパワハラから部下を守るため、会社の上層部には嫌われているが、部下からは愛されている。

「鬱で休職してたナントカくんも今は元気そうでよかった。週末、釣りに誘われたから行ってくる」と出かける夫を見ては「ええおっさんやな」と思う。

ちなみに「釣った魚の内臓を抜いてたら、ナントカくんに『怖い』としがみつかれた」と聞いて「おっさんずラブか？」と萌える妻である。

弱い立場の人間や動物に優しい人は、結婚生活でも「病める時ベース」で支えてくれる。

私が子宮全摘手術で入院した時も、夫は毎日病院に来てくれて、私が寂しくないようにと猫の画像を送ってくれた。

また手術前に封筒を渡されて「ラブレター……？」とトゥクンとしたら、妻の手術成功を祈願した般若心経の写経だった。

入院中、若い女医さんに内診されつつ「結婚っていいものですか？」「やっぱ妥協しなきゃダメですかね？」と聞かれて、「誰と結婚するかだよ。結婚は単なる箱で、中身は50年の共同生活だから」「妥協じゃなく、何は譲れて何は譲れないかを明確にすることが大事」と答えた。

膣にカメラを突っ込まれていても、言うことはいつも同じだ。ちなみにこの女医さんは、病室に問診にきた時もサッと近づいて「恋愛相談、いいですか？」と聞いてきた。どこでも相談されがちな私の前世は、薫尼《くんに》という名の尼だったのかもしれない。

拙僧は夫と出会った当初、恋愛感情は一切なくて「こいつとシックスナインとかできねえな」ぐらいに思っていた。

「男として」ではなく「人類として」好きだったから、夫と結婚したのだ。自分が友情結婚のような形を選ぶなんて予想外だったが、年月を重ねるほどに「好き」が増えているので、私にはそれが合っていたのだろう。

私は昔から「恋愛より友情の方が尊い」と思っていた。恋愛は冷めたり終わったりするし、なにより恋愛とは脳がバカになっている状態である。

私は脳がバカになりやすく、クソみたいな男にバカみたいに惚れては、ゴミみたいな扱いを受けてきた。そんな漆黒の歴史を重ねたからこそ、恋愛地獄沼にハマる女子の気持ちがよーくわかる。

先日、新婚の女友達と飲みに行った。彼女も元・地獄沼の住人で、いつもクソ男に尽くしてボロボロになっていたが、半年ほど前に結婚。ひさびさに会ったら「いやーやっぱ好きな人と結婚してよかったです！」と最高の笑顔だった。

彼女は痩せ形の男性が好みで「デブだけは無理なんです！」と宣言していたが、夫氏は大変にデブである。彼とは婚活アプリで知り合い、遠距離に住んでいたため、リアルで会う前に何度も電話で話したという。

「その時点でめっちゃ話が合って、好きになってたんですよ。会ってみたら写真の8倍はデブだったけど、それすらかわいい！　と思えて」

8倍デブでもかわいいと思える、「好き」のパワーは強い。彼女は「人と住むってストレスあるじゃないですか。でも、好きだから許せるんですよね」と話していたが、まったくその通りである。

私も夫に対して「このクソが」としょっちゅう思う。洗面所はビシャビシャにするし、牛乳をこぼして雑巾じゃなくタオルで拭くし、何度言ってもコンビニでスプーンや割り箸をもらってくるし、「ウスターソース持ってきて」と言うと必ずとんかつソースを持ってくる。

全身毛ダルマだから部屋中に毛がちらばるし、枕はクサくて黄色いし、皿を洗っても汚れが落ちてなくて「そのぶっとい腕は飾りか？」と思うし……と3万個は挙げられるが、好きだから許せる。「かわいいから、まあいっか」と思えるのである。

そしてこれは恋愛的な「好き」じゃなく、人類愛的な「好き」である。彼女は「わかります」と同意して、こんなエピソードを話してくれた。

「新婚旅行に行った時、夫が『素敵なホテルだねー♪』とはしゃいでベッドに座った瞬間、ウンコを漏らしたんですよ」

「マジか、ウレションみたいな感じ？」

「その時も『かわいいから、まあいっか』と思いました」

好きな相手なら、ウンコを漏らしてもかわいい……のか??
まあ私も猫だったらそう思う。夫の場合は「チャーミング♡」「おてんばさん♡」とは思わないし、「自分で始末しなさいよ」とは言うけど、べつに許せる。もし好きじゃない男なら、一筋のウンコも許せないだろう。

彼女は婚活中「30過ぎて夢を見るな、現実を見ろ」「安定した生活ができれば十分じゃないか」と周りに言われて、悩んでいた。
「好きな人と結婚したいって、夢を見すぎですか?」と聞かれた私は「好きでもない男と50年暮らす方が地獄だよ」「私は毎日夫が家に帰ってくると嬉しい、それが一番幸せだと思う」と返した。

その数年後、婚活沼を卒業した彼女は「過去の私はセックスを重視してたけど、今は夫とセックスしなくても全然いいんですよ、自分でもびっくりです」と笑っていた。

この幸せそうな笑顔を冥途の土産にしよう、と合掌した私。なんでも冥途の土産にしたがるのもＪＪ（熟女）あるあるだ。

夫がウンコを漏らしたら？　に話が戻るが、そう言えば漏らしている。私の眼前で漏らしたわけじゃないが、「キミが留守の時に、ゲームしてたらウンコしたくなって『でももう少しでクリアできる』と我慢してたら漏れた」と報告された。

その話を女友達にしたら「えっ、うちの6歳の息子でもゲームを中断してトイレに行ってるよ？」と驚かれた。

私も驚いたが、夫が「ちゃんと自分で始末した」と言っていたので「まあいっか」と思った。こう書くと包容力のある優しい妻のようだが、拙僧はそんな人格者ではござらぬ。

本来、私はいろんなことが許せない人間だ。堪忍袋の緒が短くて、些細なことでイライラしてキレる自分が嫌いだった。

毒親育ちでメンが不安定な自分も嫌いだったし、だからこそ、人から否定されると感情が爆発してキレてしまう。それで男に振られたりもして、「こんな自分を変えないと幸せになれない」と真剣に悩んでいた。

そんな私が平和な結婚生活を送っているのは、夫が私を否定しないからだ。過去14年間を振り返っても、夫にダメ出しされたことは一度もないし、家事や生活態度に文句を言われたこともない。しいて言えば「お風呂は毎日入った方がいいよ」ぐらいか。「妻や女はこうあるべき」と押しつけられたこともないし、行動を束縛されたこともない。彼はドメンヘラだった私に「いろいろ大変なことがあったんだから、不安定になって当然だろう。べつに変わらなくていいんじゃないか」と言ってくれた。

つまり夫のアナルがガバガバだから、ウンコが漏れる。じゃなくて、私も大らかでいられるのだ。

「欠点だらけの人間だけど、まあいっか」と自分を許せるようになると、他人も許せるようになる。お互い欠点だらけでデコボコだけど、割れ鍋に綴じ蓋でピッタリ合えばオッケーでござる。そう思えるようになった。

私は夫の存在に救われたが、無論それは夫婦や恋人じゃなくてもいい。友人でも家族でもペットでも、そのままの自分を受け入れてくれる存在がいれば大丈夫なのだ。

ちなみに交際当時、夫に「私のどこを好きになったの？」と聞くと「世間に向かってツバを吐いてるところ」と予想外の答えが返ってきた。

当時の私は男尊女卑やゴミ政治やクソゲー社会に「許せねえ」とキレていた（今も変わらずキレている）。

「ぶっ殺す！」とブッコロ助になる私に「そんなにイライラしないで」「女の子は笑顔が一番」とか言うてくる男が多くて余計キレていたが、夫はそんな私を好きになってくれたという。

まことに人の好みはさまざまである。また当時はバカ恋愛をしすぎて、精神が応仁の乱レベルに荒廃していた。そのため、男に対して「どうせヤリたいだけだろ」と思っていたが、夫は私を「女」じゃなく「人」として扱ってくれたから、信じることができたのだ。

夫は今でも私を「妻」じゃなく「人」として見てくれて、なんの役割も押しつけてこない。

昔「夫の給料明細を見たことがない」とコラムに書いたら「家計管理は妻の役目ですよ、奥さん失格ですね」とクソリプがついて「うるせえな、てめえの合格なんかいらねえ」と無視した。

こういう奴が結婚式で「お袋・給料袋・堪忍袋」と地獄のスピーチをするのだろう。金玉袋をむしってぶん投げてやりたい。

夫の会社はいまだに給料明細を紙で渡すシステムだが、先日、夫がそれを作業服のポケットに入れたまま洗濯機に投入して、洗濯物が紙クズまみれになった。「何度言うたらわかるんや、このクソが」とぷりぷりしながら寝室に行くと、猫を抱いて眠る夫がかわいかったので、「まあいっか」と頭を撫でた。

そんな初老の夫婦のノロケでござる、完。

3 結婚したら「お母さん」もセットでついてきた

あれは夫と3回目のデートをした時だった。並んで歩いていた彼がふと立ち止まり、真剣な横顔で呟いた。「肛門がかゆい」

アル「えっ？」

夫「肛門がすごくかゆい」

3回目のデートで告白はよく聞く話だが、肛門のかゆみを告白されるとは。ズボンの上からバリバリ尻をかく夫に「ウンコした後、ちゃんと拭いてる？」と聞くと「むしろ拭きすぎてかゆい」と言う。

アル「紙でこすりすぎじゃないの？　ウォシュレットは使ってる？」

夫「もうガンガンに使ってる」
アル「ウォシュレットの使いすぎもよくないんだって、肛門が退化するらしいよ」
夫「肛門が退化？」

そこから「逆に肛門の進化とは？」という話になり、肛門にミギーならぬアニーという謎の生命体が寄生して人類を支配する、または排泄したウンコを自在に爆弾に変えるスタンド能力、と語り合った。

夫と出会う前は「素の自分を見せたら男は離れていく」と思い、相手に合わせてトークしていた。でも言いたいことも言えない、アナルの話もできない相手とは暮らせない。3回目のデートで尻の穴まで丸出しトークしながら「こんなの初めて」と私は感動していた。

また、夫と出会って初めて「家族」を知った。毒親育ちの私にとって家は安心できる場所ではなく、子どもでいられる時間が少なかった。

だから私はトトロのあの親父が嫌いだ。小学生の娘に妻役と母親役をやらせて、「それは大人の仕事やろが！」とメガネを尻で踏みつぶしたくなる。子どもが子どもでいられない悲劇を、いい話のように描くんじゃねえ。

夫と結婚して初めて、安心できる家を手に入れた私。我が家の構成メンバーは夫婦と2匹の猫と1匹のトカゲ、そしてサブメンバーに義母がいる。

義母は浮気者のDV夫と離婚後、シングルマザーとしてひとり息子を育てた。現在はうちから徒歩5分のマンションで1人暮らしをしており、週3回ほどごはんを作りに来てくれる。

夫は義母のことを「あのババアは頭がおかしい」と評して、いつもケンケンケンケン言い合っている。たとえば夫はグリーンピースが食べられないが、義母は毎年、グリーンピースで豆ごはんを作る。

夫「俺がグリーンピース嫌いなん知ってるやろ！」

義母「体にええんやから薬やと思って食べなさい！」

夫「ほんなら薬飲むわ！」

という恒例のやりとりに春の訪れを感じながら、豆ごはんの豆を全部食べる妻である。

また、格闘家の夫はケガが絶えない。以前「前歯が折れちゃった」と血まみれで帰宅した夫に「あら可哀想」と同情しつつ「まあ私の歯じゃないしな」と静観していたら、2週間も放置していた。

その間「早く歯医者に行きなさい！」「歯医者行くために仕事休んだらカッコ悪いやろ！」「歯無い方がカッコ悪いやないの！」とケンケン言い合う夫と義母を「面倒くせえな」と眺めていた。

そして「これが家族なんだな」と思った。うるさいし面倒くさいけど、簡単には縁が切れない。

友達から「年末年始、実家に帰るのが面倒くさい」「餅を食えとか風呂に入れとか、親がうるさくて」といった話を聞くたび、彼女らが羨ましかった。

子どもの頃からずっと羨ましかった。他愛のない家族の話、「うちのお父さん、抜けててさ〜」みたいな笑い話をされると「やめてやめて」と思った。羨ましくて笑えないから。

好きな作家の小説を読んでも、主人公の家族が仲良しだと羨ましすぎて共感できなかった。主人公が悩んでいても「は？　そんなに恵まれてるくせになんで悩むの？」とイラついて、そんな自分が大嫌いだった。

10代の頃の母の記憶はべろべろに泥酔しているか、二日酔いで寝込んでいるか。あと、なぜか彼女は全裸で過ごすことが多かった。

それが本当にイヤで何度もやめてと頼んだが、「だって気持ちいいんだもん」と聞く耳をもたなかった。母の関心はつねに自分自身に向いていて、私を見ようとはしなかった。

母はショッピングが大好きだったが、私の服を買うのは嫌がった。裕福な同級生に囲まれて、ペラペラの安い服を着ている自分がみじめだった。

もちろん、今はわかる。私立の学校に通ってまともに教育を受けられて、自分は恵まれた環境にいたと。でもそれは大人になってから気づくことだ。

大人になって気づいたのは「世のお母さんとは、こんなに世話焼きなのか」ということだ。義母は「そんな恰好やったら風邪ひくで、マフラー巻いていき」と中年の私に言ってくる。数年前の冬には毛糸のパンツを編んでくれた。その息を呑むほどダサい毛糸のパンツはとても温かく、今年も重宝している。

実の母が死んだ時はホッとして、葬式で一滴の涙も出なかった。でも義母の葬式では、私はオイオイ泣くだろう。もっと親孝行すればよかったと後悔するだろう。そして彼女の小言を何よりも懐かしく思い出すだろう。

結婚したら「お母さん」もセットでついてきた、自分は本当にラッキーだったと思う。もちろん、そう言えるのは我々が血のつながらない他人だからだ。実の親子の方が遠慮や気づかいがないぶん、戦争になりやすい。

以前、ヨーロッパ旅行から帰国した義母に「よかったわ〜！　ベネズエラ」と言われて、腰を抜かしそうになった。

義母「ゴンドラに乗って運河を観光したんよ」
アル「お義母さん、それたぶんベネツィアです」

この会話を聞いて「どこに行ったかわからんのやったら、旅行する意味ないやろ」と呆れる夫、「あんたもたまには海外旅行ぐらい行きなさい！」と逆ギレする義母。

義母「私は国際派に育てたくて英会話も習わせたのに、すぐにやめたし」
夫「いつの話をしとんねん」
義母「あんたは私の言うこと一度も聞いたことないやないの！」

事実、夫は親の言うことを一度も聞いたことがないらしい。義母に「ピアノ習いなさい、ピアノ弾けたらええやないの！」と言われた時も「ほな自分が習えや！」ともっともな返しをして、己の好きなことに邁進《まいしん》してきた夫。

義母「言うこと聞かへんから腹立って、この子が小学生の時、電信柱に縄でくくりつけたのよ」

アル「今なら通報案件ですね」

義母「でもしばらくして見に行ったら、姿がなくてね。はっと頭上を見上げたら、高い木の上から『ハッハッハー！　ザマーミロ！』と高笑いされたの」

忍者が好きだった夫は『レインジャー忍法』を愛読して、縄抜けの術を体得していたんだとか。

同じく小学生の頃、「仕事帰りの夜道に痴漢が出るらしい」と義母が話すと、夫が毎日駅まで迎えに来てくれたという、運動靴の靴紐に五寸釘を仕込んで。

そのエピソードに「小さな子どもが必死で母親を守ろうとしたんだなあ」とほろり

ときたが、夫いわく「『レインジャー忍法』を読んで、苦無で敵を倒してみたかった」とのこと。

また母子家庭は経済的に苦しく、追いつめられた義母が「ママと一緒に死のう？」と言ったら「死にたいんやったら勝手に死ね！」と返されたという。

夫「暗殺されないために、『レインジャー忍法』で読んだ罠を廊下に仕掛けたりして……あれは楽しかった」

アル「楽しかった？」

私はパートナーの前では鎧を脱いで甘えたかった。でも、自分より弱い男には甘えられなかった。結婚後は夫に思う存分甘えて、夫に育て直されていると思う。

そんな関係は歪んでる、と言われるかもしれないが、私にはそれが必要だった。そもそも歪んでない人間なんていないし、歪んだ者同士でピッタリ合えばいいのだろう。

夫の父親は愛人を作って家を出ていき、養育費を払ったことがないらしい。「父親に捨てられた的な心の傷はないの？」と聞くと「全然。キン肉マンなんて豚と間違われて宇宙船から捨てられたんだぞ」と返ってきた。

タフな夫は物心ついた時からオタクで、昆虫や恐竜の研究に没頭してきたという。6歳の時、母親に「離婚したらママについてくるよね？」と涙ながらに聞かれて「クワガタが飼えるのであれば」とキッパリ答えたそうだ。

また、夫の保育園のアルバムには「おおきくなったらきょうりゅうになりたい」と書いてある。「恐竜になりたかったんだね」とほっこりしていたら「今でもなりたい」と真顔で返された。

恐竜になりたい中年男は、今もトカゲの飼育ケースに恐竜のフィギュアを飾って、ジュラ紀を再現している。そんなある日、エサのコオロギが大量脱走するという事件が起こった。なんとかしてくれと言うと「よし、家にカマキリを放とう」と返され「うちは草むらか！」と叫んだ。

ある意味ロハスな暮らしかもしれないが、インスタ映えは全然しないし、一年中虫の声がして季節感もめちゃくちゃだ。でも私は安心できる家を手に入れて、血のつながりのない他人と家族になれた。

今年の夏、義母が浴衣を着せてくれて「かわいいわ〜バッチグーやわ〜」と褒めてくれて「こんなの実の母親にしてもらったことないな」と嬉しかった。実の親はハズレだったけど、義理の親はアタリだった。

七転八倒どころか57転58倒したけれど、おつりがくるぐらいだよな、と思う。

4 セックスレスと疑惑の総合商社

セックスレスがお家芸の我が国。日本人はもともと性欲の少ない民族なのだろう。夫婦でランバダを踊るご家庭もあるかもしれないが、結婚したらセックスが減る、もしくは無くなる家庭が大半のようだ。

ＪＪ（熟女）仲間たちも９割方が「セックスってなんだっけ？」と遠い日の花火になっている。「うちはもう5年してないよ」「うちはもう思い出せない」とあっけらかんと語り、セックスレスに悩んでいる様子はない。

みんなセックスが人生の重要事ではないし、「セックスの有無と夫婦仲は関係ない」と実感しているからだろう。セックスがなくても仲のいい夫婦はいっぱいいるし、セックスがあっても離婚する夫婦もいる。

結局、これもマッチングなのだろう。片方はしたいけど片方はしたくない場合は不満が出てくるが、セックスがなくても双方満足していれば問題はない。

既婚者は「セックスの有無よりも、話し合いができるとか、気づかいや思いやりがある方が5億倍大事」と言う。

たしかに「ケンカしてもセックスで仲直りできる」とか言うが、ケンカ中に「よし、やろう！」と迫られたら「スティッキィ・フィンガーズ！」とチンポをバラバラにするだろう。動物じゃないんだから、普通に話し合って解決しようやという話だ。

我が家のセックス事情でいうと、夫は「寝技する時に邪魔だからチンポをとってしまいたい」という性欲薄夫である。私の方は独身時代に来来来世の分までやりつくしたので、セックスに対する執着はもうない。

よって現在はノーセックス夫婦だが、結婚当初は「セックスコラムを書く者として、全然やらないのもいかがなものか」という職業意識からたまにやっていた。

セックスする理由など、ネタ作りでも運動不足解消でも暇つぶしでも、何でもいいと思う。

ネタ作りでいうと、「ポリネシアンセックスとやらを試してみないか？」と夫に提案したことがある。これは長時間、裸でじっと抱き合うセックス様式なのだが、トライしたのが夏場だった。

裸で抱き合っているうちに「痒い！」と夫が騒ぎ出し、どうも部屋の網戸が破れていたらしく、めっちゃ蚊に刺されていた。その後ムヒを塗って再開したのだが、今度はラーメンマン（体重10キロの超大型猫）が夫の背中にのってフミフミし始めて「暑い！　重い！」と苦悶する夫。

ポリネシアンセックスの感想は「痒い、暑い、重い」だった。マルチプルオーガズムは実現しなかったが、それでよいのだと思う。「一発入魂！　究極のオーガズムを目指せ」といちいち気合いを入れてたらセックスなんて続かない。

実際、セックスフルな夫婦は「風呂に入るみたいな感覚で、日常生活の延長としてやってるよ」と話す。

一方、女性誌のセックス記事などは、セックスには努力が必要と説く。ボディやテクを磨いてムード作りしろとあるが、ペニスはプレッシャーに弱い棒。セクシーな下着でアロマをたいて鬼気迫る表情で膣トレとかされたら、逆に萎えるだろう。

女性の側も「完璧ボディを目指せ」とかプレッシャーをかけられたら、未来永劫セックスなどできない。

私は「男のために女磨きしろ」と言われたら「だが断る」と岸辺露伴顔になる人間だ。膣トレも己の尿漏れ対策のためだし、ムダ毛の処理も己が快適に過ごすためにやっている。

そんなわけで、ＶＩＯ脱毛にトライした。脱毛済みの友人たちから「清潔でスッキリ快適」「夏も股間が痒くならない」「股間が一休さんみたいでかわいい」と聞いて、そりゃイイネ！　と思ったからだ。

私は医療レーザー脱毛を選んだのだが、事前に説明を読むと「輪ゴムで弾く程度の痛みです」と書いてあった。それなら大丈夫かも、といざ施術を受けてみると「これ電撃ネットワークのゴムパッチンやないか!!」。

あまりの痛みに「小陰唇、燃えてませんか？」とスタッフの女性に聞くと「燃えてませんよ」とにっこり返されたが、Oラインに至っては「会陰地方が火事よ〜!!」と叫びたいほどだった。

そんな痛みに弱い私が「続ける自信がありません!!」と宣言すると「次回は2時間前にこれを塗ってきてください、ラップを巻くとより浸透しますよ」と麻酔クリームを手渡された。

そこで2回目の施術前、自宅で股間に麻酔クリームを塗って、クレラップを巻いてみた。クレラップガールズもこんな用途は想定外だろう。

透明のふんどしスタイルで仁王立ちしていると「自分は何をやってるんだ？」とSF（すこし・ふしぎ）な気分になった。その姿で夫の部屋に行き「なあこれどう思う」と聞くと「キミは何をやってるんだ？」ともっともな返しをされた。

夫の方は、妻の股の毛などどうでもよい人間である。昔、バーで「女のムダ毛とか萎えるよなー！」と騒いでいた男性客に「人間が猿から進化したのを知らないのか？キミは共和党員か」と鋭く切り返していた夫。

私も女の体毛に文句を抜かす奴など、波紋のスパークで頭髪を全部むしってやりたいと思う。

女に完璧を求める男、「結婚しても女を忘れず美しくあれ」と望むような男は、「子どもができて妻が変わってしまった」と妻のせいにして浮気するもの。

そもそも付き合いが長くなると、新鮮味が薄れてムラムラしなくなるのは必定。結婚後もセックスを続けたければ、ボディや膣圧よりも妄想力を鍛えるのがおすすめだ。

私の場合は「自分が男になって承太郎をオラオラいわす」といった脳内オカズを駆使しているが、承太郎のようなセクシーキャラじゃなく、全然セクシーじゃないキャラで抜ける方が妄想力は鍛えられるだろう。

そこで「鈴木宗男はどうだろう？」と考えてみた。かつて乙女ゲーの脚本を多数手がけた者として、妄想の翼を広げたのが以下である。

宗男とアルテイシア～白い恋人～

北海道の吹雪の中で行き倒れ、寒さに凍える私。
そこへ「どうしましたかー!!」と拡声器で叫びながら、選挙カーで駆けつけた小柄な紳士。

宗男「お嬢さん、お名前は？」
アル「アルテイシアです……」
宗男「ロシアの方ですか？」
アル「いえ、ペンネームです。私、ロシア人に見えますか？」
宗男「見えません。とりあえず、温かい場所へ移動しましょう」

【場面転換】

アル「ここは……ムネオハウス？」

宗男「ええ。ひとまずこれでも飲んでください、温まりますよ」

そう言って彼は笑顔でマグカップを手渡してくれる。

宗男「親友の松山千春から送られたコーンスープです」

アル「そういえばＣＭで曲が使われてましたね……あったかい……」

その時、いきなり彼が手を握ってきた。

（さすが政治家、固い握手……どうしよう、顔が赤くなっちゃうよ……！）

アル「い、いけませんわ、あなたは妻子のいる身でしょう？　不倫なんて公になったら、またマスコミに叩かれてしまう……」

宗男「私は疑惑の総合商社と呼ばれた男ですよ？　過去のスキャンダルを考えたら、不倫ごときなんぼのものか」

つぶらな瞳で見つめられ、鼓動が一気に加速する。

（トゥクントゥクン……静まれ心臓！）

宗男「私には元駐日ロシア大使との間に太いパイプがあります、２人でサハリンへ逃げましょう」

アル「サハリン、ですか……？」

見つめ合ったまま、ゆっくりと2人の唇が近づいた――その時、

バーン！！！

大きな音を立ててドアが開く。

？？？「イケマセーン!!」

アル「あ、あなたは……ムルアカさん……!?」

ムルアカさんとは、鈴木宗男氏の元私設秘書（ザイール出身）である。ここからのＢＬ展開も考えてみたが、妄想の翼が折れてしまった。「収監中の宗男、刑務所の女医アルテイシア」というプリズンブレイク的な設定も考えたがダメだった。私もまだまだ修行が足りない。

もっと妄想力を鍛えて、どんなオカズでも抜ける伝説の勇者を目指したいと思う。

5 失恋地獄と夫のリベンジ大作戦

デビュー作『59番目のプロポーズ』で反響が大きかったのは、以下の「恐怖! アニマルパニック大作戦」のエピソードだった。

交際当時、わが家に夫が泊まった時のこと。朝「奴の夢を見た」と私は目を覚ました。「奴」とは私が25歳の時に地獄のような失恋をした、有名クリエイターのT氏である。

夢の中で数年ぶりにT氏に再会した私。そこはパーティー会場のような場所で、笑顔で彼に挨拶して握手を求めた……その瞬間、手首を極めてバキッとへし折る! 絶叫するT氏、高笑いする私。

というなかなかに胸のすく夢だったのだが、その内容を夫に話すと「それだと傷害罪になるので、別の方法で復讐した方がいい」と返された。

そこで「じゃあおすすめの復讐方法を考えてくれ」と紙とペンを渡して、シャワーを浴びに行った。そして風呂から上がると、次のような作戦が紙に書かれていた。

・・・・・・・・・・・・・・・・・

■恐怖！　アニマルパニック大作戦

1「オオカマキリ一斉孵化大作戦」

（恐怖レベル1　実現可能度95％　犯罪度1）

カマキリの卵はある日、一斉に何百匹という幼虫が孵化する。

数個の卵を集めるだけで、敵の家はカマキリの幼虫だらけになってしまう。

〈効果〉

カマキリ自体に毒性があったり、人体に悪影響を及ぼしたりはしないが、ある日突然、何百匹ものカマキリが大発生すれば、昆虫の苦手な人には精神的に大きなダメージを与えることができるだろう。

〈方法〉

12月初旬の草むら。

最近では少し山間に入らなければならないが、比較的容易にカマキリの卵は手に入るだろう。


2「シーボルトミミズ出前一丁大作戦」

（恐怖レベル2　実現可能度60％　犯罪度2）

シーボルトミミズは、九州地方に生息する大型のミミズで、体色は青と、見慣れぬ人には不気味な存在だ。

加えて、体を触れれば、体表面全体から黄色の汁を噴き出すという生態を持っている。

〈効果〉

ラーメンなどの麺類を食べる時に、どんぶりの中のラーメンとミミズを入れ替える。

大量のシーボルトミミズは、ラーメンのように見えなくはないが、巨大なミミズがからみあい、うごめき、そして体から大量の汁を噴出するさまを見れば、敵は二度と麺類を口にすることができないだろう。

〈方法〉

シーボルトミミズは九州地方に分布するため、どうしてもそこまで行かなければならない。

また川辺などに生息するので、より手間がかかるはずだ。


3「猿の惑星大作戦」

（恐怖レベル5　実現可能度2％　犯罪度5）

敵が仕事から帰った時、家族が全てサル（チンパンジー）に変わっていたら……！

敵は、自らの存在に疑問を持ち、苦悩するだろう。

〈効果〉

敵の家族を拉致し、サル（チンパンジー）にその家族と同じ服装をさせる。

敵は、自分もサルだったのかと悩み始めるはずだ。

〈方法〉

野生のチンパンジーではなく、人前でショーをするなど、人間慣れしたものの方が望ましい。

より家族になりきれるはずだ。

・・・・・・・・・・・・・・・・・・

その紙には「タンスからウミウシ大作戦」と1回書いてから消した跡があって、私は涙を流して笑った。こんなに笑いすぎて泣いたのは初めてだと思って、失恋の傷が浄化された気がした。

『59番目のプロポーズ』を恥ずかしくて読み返せない私。14年前の自分はバリキャリぶったしゃらくさい女で、穴を掘って首だけ出して縦に埋まりたくなるからだ。

私がバリキャリぶっていたのは、「自分は仕事ができない」というコンプレックスの裏返しだった。周りは仕事ができる人ばかりなのに、なぜ自分だけできないんだろう、なぜこんな出来損ないのポンコツなんだろう。

今思えば「全然向いてなかったね」という話なのだが、当時は「自分は何をやってもダメ、この世界に私の生きる場所はない」と切羽詰まっていた。だから10歳年上の仕事ができるT氏のことを教祖のように崇めた。本当は仕事から逃げたかったから、「教祖の妻」のポジションがほしかったのだ。

入社当時から憧れだった彼と付き合えることになった時は、天にも昇る気分だった。でもすぐに奈落に突き落とされて、地獄の業火でワッショーイと焼かれまくることになる。

その焼かれっぷりの一部始終を著書『恋愛格闘家』に綴ったが、編集さんに「よくこれを書きましたね」と言われたエピソードがある。

T氏にデリヘル以下の扱いをされて捨てられた半年後、1人暮らしの部屋でヤケクソに酔っ払った私は、いよいよ死のうと思った。でも、あいつが平気で生きているのが許せない。あいつを傷つけたい、あいつの中に傷としてでもいいから残りたい。

そう思いつめた私は、T氏にメールを送った。「あなたの子どもを堕ろしました」という趣旨のメールを。

こういう狂言はわりとよくある話なのかもしれない。でも私は、自分はそんなことをしない人間だと信じていたのだ。メールの送信ボタンを押した瞬間、今までの自分ではいられないし、ダークサイドに堕ちるだろう。

そう思いながら、送信ボタンを押した。失恋は人を殺すと言うが、肉体的には死ななかったものの、精神的に死んだと思った。

その翌朝、女友達に電話をかけた。開口一番「わわわわ私もうジェダイの騎士になれない……!」とギャン泣きすると「あんなに目指してたのに!?」と乗っかってくれる友の優しさに救われたが、その後も地獄は続いた。

しばらくして、T氏から返信が届いた。「俺にできることがあったら言ってくれ、何かあったら連絡してほしい」という文章を読みながら「こんなメールひとつで済ませる気なんだ……」と全身の力が抜けた。

私はリベンジが失敗したことに気づいた。私なんかがどうなろうと、彼は決して傷つきなんてしないのだと。

その2年後、偶然バーで再会したT氏に誘われてセックスした。その時も「やっぱり彼とやり直したい」と思った私は相当狂っている。だけどその時に受けた仕打ちのおかげで、ようやく己の残留思念にピリオドを打てたのだ。

……みたいなことを綴った『恋愛格闘家』を読み返すと「え、エモい」とクラクラするが、「人ってこんなに狂って傷ついても立ち直れるんだな」とも思う。

あの頃は立ち直る日が来るなんて想像もできなかった。自分は取り返しのつかないダメージを負って、一生この傷を引きずって生きていくと思っていた。

数年前、T氏が結婚したという話を元同僚から聞いた。50近い彼の妻は私より年下の会社の部下らしく、同僚に「どういう感じの子なの？」と聞くと「一言でいうと、オウムの信者みたいな感じの子！」と返ってきて「なるほど、やっぱり信者と結婚したのか」と納得した。その時も心は微動だにしなかった。

そして最近、T氏夫妻に娘が生まれたと聞いた。「50過ぎてすごいなあ、まあ昔から子ども好きって言ってたしね」と女友達に話すと「はあっ？　ていうか出会った時のアルは新人でまだ全然子どもだったわけでしょ？　そんな子に手を出してバチバチに傷つけといて、なにが子ども好きだ、片腹痛いわ!!」とバチギレていて、いまだにこんなに怒ってくれる友がいてありがてえな〜と思った。

そして「恨みを忘れてはいけない」と己を戒めた。私があっさり忘れてしまったら、あんなに傷ついた過去の私が可哀想だ。

とはいえ昨今はＪＪ力を発揮して、うっかり彼の名前すら忘れそうになっている。これではデスノートを入手しても活用できないので、家の柱に彫刻刀で彫っておくべきかもしれない。

失恋地獄にいた頃は、友人たちに多大な心配と迷惑をかけた。彼女らに「自暴自棄にならないで」「自分を大切にして」と言われても、どうしてもできなかったのだ。

ただでさえ「親にも愛されない自分はこの世に存在していいのかな?」と疑問なところを「おまえなんか無料穴だ」という扱いを受け、それで飽きたら紙クズのように捨てられて「私、紙じゃないのに人なのに……いやひょっとして紙だった?」と自尊心を削られて、自分なんかどうなってもいいと思っていた。

毎日ろくに飯も食わずに酒を飲み、自分がボロボロになっていくことが相手へのリベンジになると信じていた。

でも、そんなのはリベンジにならない。今傷ついてる人がいたら「気持ちはわかるけど、そんなことはやめよう、な!」と毛布をかけて白湯を出したい。

とりあえず、夜ひとりで酒を飲むのはやめよう。カップ麺や冷凍パスタを常備して、炭水化物で腹を満たして、温かいオフトゥンに入ろう。そうやって、どうにかこの一晩を乗り切ろう。

それで翌朝、起き上がる元気があったら、女友達を誘ってカマキリの卵を探しに行こう。少し山間に入らなければならないが、比較的容易に手に入るそうだから。

6 100年の恋も冷める地雷とは?

「これは無理、許せない」という地雷ポイントは人それぞれだろう。

以前、ネットで「AVを見る男性が無理」という意見を見かけた。「夫がAVを見た痕跡を発見したら100年の恋も冷める」とあったが、エロ漫画やR18小説もNGなのだろうか? ナマモノじゃなく次元が違えばOKなのだろうか?

私でいうと、エロ系はほぼほぼOKである。昔、夫のエロ本ライブラリーを見た時に「そうか、お前、デブ専か」と気づいた。それ以来、ふくよかな女性のグラビア等を見つけると教えてあげるのだが、「これは無差別級だ」「ワールドクラスだ」と喜んでくれるので嬉しい。

私の100年の恋も冷める地雷は何か? と考えると、絶対許せないのは男尊女卑や差別系の発言をする男だ。どんなに惚れていても、その手の発言を聞いた瞬間「てめえらの血は何色だーっ!!」と激おこする。

スピリチュアル系に傾倒する男も苦手だが、「悪霊退治のために俺はアナルに水晶玉を入れるから、キミは膣に入れてくれ」と強要されない限り、ギリギリ許せる気もする。

アナルに水晶玉よりも許せない地雷は？　と考えると「イキってる男」だろう。関西はイキりに厳しい土地柄で、幼少期から「オレ給食食べんのがっさ早いで！」「おまえなにイキってんねん！」と糾弾される。

かつて働いていた広告業界には、イキってる男が多数生息していた。彼らのフェイスブックを見ると「ＬＡのタフな出張から帰国、ふう。シングルモルトで心地よい疲れを癒す」みたいな文章と共に、バーカウンターの写真（酒と煙草とライター）が投稿されている。

彼らは「昔の同僚と飲んだ」というだけの話を30行ぐらいの長文でギッシリ書く。

「かつての戦友たちと盃を交わす。みんないい面構えをしていて、あの頃の熱い記憶がよみがえる。それぞれが素敵に成長していて、多くの気づきと刺激をもらった。俺もまだまだ勝負できるし、成長できる。未来はもっとワクワクする景色を見てみたい、己のミッションにコミットメントしていきたい……そんな覚悟を強くした夜。いやぁ、酔っ払いました（笑）。貴重な機会をくれたフェイスブックに感謝」みたいな。

本当は30行ぐらい書きたかったが、イキりが苦手科目なので無理だった。鈴木宗男の夢小説の方がすらすら書ける。

彼らは「仲間に感謝」「家族に感謝」「地球に感謝」「馬刺しに感謝」と森羅万象に感謝して、何かというとワクワクし、すきあらば気づきと刺激をもらって成長の機会にする。あとちょいちょい英語も挟んでくる。

「きっと人生は、まだまだ面白い。Life is dancing!」みたいな投稿を見るたび、女友達と「見たあれ？ｗｗ」「Life is dancing! ｗｗ」「今年の流行語大賞やなｗｗ」と盛り上がるので、イキってる彼らに感謝である。

実際彼らの投稿が途絶えると寂しいし、ひさびさに30行ぐらいの投稿があると「よっ、待ってました成駒屋！」とビッシャビシャになる。大半の人は長文を読まずにイイネを押すのだろうが、私は「こういうこと書いて恥ずかしくないのかなー！」とワクワクしながら読んでいる。

彼らは「オナラをしたらウンコが漏れた」みたいなことは絶対書かない。オナラをしたらウンコが漏れたと書く方が「わかる、下痢の時はね！」と共感のイイネをもらえると思うが、「そんなリスクマネジメントもできないなんて、意識が低いと思われる」と書かないのだろう。

Life is dancing!

これは広告会社の元先輩がガチで書いていたのだが、万一彼がこのコラムを目にしたら、私のフェイスブックの友達が1人減っているはずだ。

一方、夫にとっての地雷は何なのか？

夫は大抵のことは受け入れるアナルガバ夫で、「こういうのはやめろ」と言われたことは一度もない。美少年がムチャクチャされるＢＬのＣＤをリビングで聞いていた時は「イヤフォンで聞いてくれないか？」と言われたが、エロＢＬや同人誌を食卓に並べていても何も言わない。

エロＢＬや同人誌どころか、私はエログッズもそこらに放置している。というのもセックスコラムを書いていた頃にもらったｉｒｏｈａのバイブ等を、今は肩や首にあてて使っているからだ。

ちなみに数年前「性欲も減ったし、膣は１つしかないしな」とエログッズの断捨離を行った。こんまり流に一つ一つバイブを手に握りしめ、「これはときめく……のか？」と選別したところ、デザインがおしゃれなものが残った。ＪＪになって性欲は死すとも、おしゃれ魂は死せず♡と板垣退助も言っている。

アナルガバ夫もスピリチュアル系は苦手らしいが、「邪気をはらうために金玉を粗塩で揉め」とか強要されなければOKらしい。

そんな夫にとって「これは無理」という地雷は？　と考えると「やいやい言う女」だろう。

「やいやい言う」とは関西弁で「ゴチャゴチャうるさく言う」という意味だ。そしてやいやい言う代表は関西のオカンであり、すなわちうちの義母である。

義母はつねに息子に向かって「部屋を片付けなさい」「開けたら閉めなさい」「洗濯もん出しなさい」「靴下片っぽ無いやないの」「ちゃんとボタンとめなさい」「ちゃんとヒゲ剃りなさい」「炭酸ばっかり飲みなさんな」「体にええんやから食べなさい」とやいやいやいやい言っている。

私は他人の親だから平気だが、これが自分の親だったら「ゴチャゴチャうるっせえ!!」と狂を発するだろう。

夫は「ポンチさん（我の呼び名）がやいやい言わないタイプでよかった……」とし

みじみ言っているが、それは我もやいやい言われるのが苦手だからだ。そして何より、我自身が超テキトーで大ざっぱな性格だからである。

酔って帰ると、私はシャワーも浴びずメイクも落とさず服をそのへんに脱ぎ散らかして全裸で眠る。一度、服を脱ぎ散らかす途中で力尽き、裸に黒タイツという江頭スタイルで廊下ですやすや眠っていたら、夫が「風邪引くよ」とベッドまで抱えていってくれた。

つまり自分が誰よりもちゃんとしていないので、他人様にちゃんとしろなんて言えないのだ。

当連載の担当アサシン嬢（WEBサイトAMで担当だったイワクラトホテプさん）も「私が酔い潰れてると、夫がそばにゲロ袋を置いてくれます。私も夫が二日酔いで吐いてると、トイレに水を持っていきます。WIN‐WINです」と語っていた。そうやって汚物を受け入れ合うのが家族だろう。そこで「なんでそんなに飲むんだ」と小言を言われたら「汚物は消毒だ〜!!」とゲロを噴射してしまう。

共同生活で大切なのは鷹揚《おうよう》さ、「まあいっか」の精神だと思う。

たとえば、夫はたまにトイレの床に尿をこぼしている。潔癖症の友人は「無理、即離婚だ」と言っていたが、私は「ちゃんと確認しろよな」とは思うものの「まあいっか」と拭いている。それが尿じゃなく本気汁でも「まあいっか」と拭くだろう。

また夫が使用後にトイレの便座を上げっぱなしにしていて、尻が便器にハマることがある。ハマった瞬間はショック死しそうになるが「キン肉マンみたいに流されなければ、まあいっか」と思う。

我が家の家事分担でいうと、トイレットペーパーの補充は夫の役割なのだが、いざ股を拭こうとした時に紙が切れていても「パンツをずらしたまま紙を取りに行けばいいし、まあいっか」と思う。

全部トイレの例で恐縮だが、私は最優先すべきは「夫婦が機嫌よく仲良く暮らすこと」で、家事分担はそのための手段だと思っている。「完璧に平等に分担すること」を目的にするとギスギスしそうなので、我が家はかなりゆるゆる、大ざっぱにやっている。我々にはそれが合っているのだろう。

ついでに書くと、我が家は「察して禁止令」を導入している。古《いにしえ》より男女間では「なんで察してくれないの？　言ってくれなきゃわからないよ！　戦争」が続いているが、私は相手にニュータイプ能力を期待せず、言葉で伝えて話し合うようにしている。かつ「話し合う時はイチャイチャしながら」というルールも導入している。

また、アサーティブな話し合いの基本である「自分を主語にして話す」も実践している。「あなたはなんで○○するの？」ではなく「私は○○されると悲しい」「○○するんじゃなく、××してくれると嬉しい」と、自分の気持ち&要望を伝えるようにしている。

以上、たまには夫婦コラムっぽいことも書いてみた。

実の母がいつも不機嫌な人だったため、私は「日々機嫌よく仲良く暮らすこと」を人生の目標にしている。そのためにはストレス発散が大事。というわけで、仕事が終わると美味い酒を飲みに行く。

美味い酒を飲みながら虚空を見つめる時間は至福だが、たまに「夜飲みに行って旦那さんは怒らないの？」とか話しかけてくるおっさんがいて「うるせえな。だいたい私が飲みに行かなければ、旦那はいつオナニーするんだ？」と思う。

在宅仕事の妻がずっと家にいたら、会社勤めの夫はオナニーするタイミングがない。ただでさえ性欲薄夫は「最近はオナニーもめったにしない」と言っているのに。精液をためすぎると前立腺がんのリスクが高まると聞いたので「たまにはオナニーしなさいよ」と勧める妻である。

そんな私も「たまにはちゃんとしよう」と思う時がある。それで先日、飲んで帰った夜に「今日はちゃんとシャワーを浴びよう」と風呂に入った。そして風呂上がり、脱衣場で左右に足がすべって１８０度開脚状態になった。

「ギャアアアーー！　股が裂けたーー!!」と叫ぶと、駆けつけた夫が「風呂上がりに転倒なんてジャイアント馬場になってしまうぞ」と助けてくれたが、股関節の靭帯断裂とかするとシャレにならない。

なので、やっぱりちゃんとするのはやめようと思う。

7 子宮全摘❶「子宮をとってもビッシャビシャ！」

40歳になったら子宮をとろうと思っていた。

計画通り、40歳の時に子宮筋腫の根治のため、子宮全摘手術を受けた話を書こうと思う。

成人女性の3人に1人は子宮筋腫があると言われ、私の周りにも「検診で見つかった」「今は経過観察中」という筋腫シスターズが多い。

私も28歳の時にファースト筋腫発見後、ネットや書籍で情報収集してきたが「知りたい情報がないやんけ」と思っていた。「自然療法やスピ系の話はやたらあるのに、セックスの話がないやんけ」と。

セックスと密接にかかわる病気なのに、まともな情報がほとんどない。これは物書きとして書くべきでは？　と思い、術後、ロンバケ中だった夫とのセックスを再開した。

あくまで一個人の体験だが、「子宮をとってもビッシャビシャ！」「我がGスポットは健在なり！」みたいな話を聞く機会はあまりないと思うので、少しでも誰かの役に立てば幸いだ。

子宮は誤解されがちな臓器で、卵巣と区別がついてない人も意外と多い。私も「子宮をとると女性ホルモンが出なくなるんでしょ？」とよく聞かれた。

子宮は赤ちゃんを育てる袋であり、女性ホルモンを分泌するのは卵巣である。だから子宮をとっても卵巣が残っていれば、女性ホルモンの分泌に影響はないし排卵もする。

そう説明しても「でも知り合いが子宮全摘したら、更年期が早く来たって」「性欲がなくなったって」「濡れなくなったって」「男っぽくなったって」と言ってくる人たちがいる。

言う方に悪気はないのだろうが、言われた方は不安になるだけだ。私は筋腫歴が長いので、友人の産婦人科医から医学知識を聞いていたし、かかりつけの主治医も丁寧に説明してくれた。

主治医の先生の説明によると「子宮をとっても女性ホルモンの分泌に影響はないので、それが原因でホルモンバランスが崩れて、更年期症状が起こることはない。もともと更年期は45〜55歳と幅があり、女性ホルモンの減少は個人差が大きい。また子宮を失った喪失感により落ち込む人もいるので、メンタルの不調による影響が大きいんじゃないか」。

そもそも心身が不調な時は性欲なんて湧かないし、濡れないかもと不安な時は濡れないものだ。

私は「子宮……何もかも懐かしい……」みたいな感傷はゼロで、むしろ「とったぞー！　ヒャッハー!!」とノリノリだったので、術後は心身ともに絶好調でビッシャビシャだったのだろう。

そして、心から思う。自分は非スピリチュアルな人間でよかったと。

「子宮=女性性の象徴」として崇める、子宮教の信者のような人々がいる。銀英伝の地球教か？　というぐらい、熱狂的に臓器崇拝しているらしい。詳しくは知らないが、ネットでちら見すると「子宮が怒りをためこんでいる」とか書いてあった。

いくら擬人化ブームだからって、やりすぎじゃないか。『ちんつぶ』じゃあるまいし、臓器が怒ったり笑ったりしないだろう。いっそのこと、臓器を擬人化した乙女ゲーを作ったらどうか。「胆嚢《たんのう》は短気でキレやすく、すぐに短銃を出す」みたいな設定で。

こんなふざけたことを書いてたら、銀英伝の我が推しのように信者に暗殺されるかもしれない。

「子宮=女性性の象徴」と考えていれば「子宮をとったら女じゃなくなる」と落ち込むのは当然だろう。

また、スピリチュアル&自然療法は、TIGER&BUNNYやピザ&ポテトのような名コンビだ。

子宮筋腫がらみのネット記事や書籍には、玄米菜食・ヨガ・ベリーダンス・アロマ・ホメオパシー・催眠療法・ヒーリングなどが紹介されている。

それらで体調がよくなることはあっても、もちろん病巣を直接治すことはできない。

「ヨガで虫歯が治る！」と言われたら「治らんやろ」と冷静につっこめるが、子宮はスピ的な見方をされがちなため、「自然療法で治したい」と手術や投薬治療を拒否した結果、症状が悪化する患者さんも多いらしい。

主治医の先生に聞いた話だと、自然療法で治したいと手術を拒否した患者さんは、筋腫が2キロ以上に育って胃までひしゃげてしまい、大学病院で全摘手術を受けたそうだ。そうなると当然、体の負担も手術の傷も大きくなる。

病気で悩んでいる人が「私は〇〇で治った」と言われると、「エビデンスは？」と眼鏡をクイッとするより「マジで!?」と飛びつきたくなるもの。

私も北半球一痛みに弱い女なので、手術を受けるのは怖かった。床でゴロンゴロンしながら「手術イヤだな〜宇宙人が寝ている間に子宮を持ってってくれないかな〜」とボヤいていると、夫に「残念ながら、宇宙人は子宮に何かを植えつける方だぞ」と言われて「左様でござるな」と思った。

そして夫に「入院中は毎日病院に行くし、猫の写真も送るから」と言われて、ヨッシャー!! と己を両手ビンタして「手術を受けよう! そしてそれをコラムに書こう!」と立ち上がったのだ。

もともと私は生理が重い方ではなく、生理痛や生理不順やPMSで深刻に悩むことはなかった。

28歳で筋腫発見後も特に症状は出なかったが、37歳頃から過多月経になってきた。

(子宮筋腫は症状が出なければ治療の必要はない。35歳頃から40代にかけて筋腫が大きくなり、症状が出てくる人が多いらしい)

経験者に聞くと、大量出血・ひどい貧血・激しい痛みによって外出もままならなかった、という人が多い。

一方、私は生理期間が長く経血量が多い以外は、たまにシクシク痛むのと頻尿気味なぐらいで、生活に大きな支障が出るほどではなかった。

大きな支障が出なかったのは、私が在宅仕事だったことも大きい。月の半分以上、股から血が出ているのは超ウザいし、夏場などナプキンが蒸れて最悪だが、自宅ならいつでもナプキンやタンポンを交換できる。

会社勤めの友人は「出勤中も途中下車して交換しないともたない」と話していた。長い会議や商談中にそう何度もトイレに立てないし、漏れてないか？　といつもヒヤヒヤするし、椅子を汚してしまったこともある、といった話を聞くたび「なぜ女は生理でこんなに苦しまなきゃならんのだ」と思っていた。

そんな時、アホな男が「浮気に怒る女は男の生理をわかってない」とか抜かすのを聞くと「全身の穴から血を噴き出して死ね!!」と血祭りにあげたくなった。

「もう二度と生理にわずらわされたくない」。私が子宮温存ではなく全摘を選んだ最大の理由がこれである。

生理の重い人からすれば、私など全然マシな方だと思う。だが、私は鼻クソをほじって近くにティッシュがないと「食っちまうか」と思うぐらい、面倒くさがりな人間だ。

そんな人間にとって、1日に何度もトイレに行って生理用品を交換するのは発狂するほど面倒だった。

旅行や出張に生理が重なると死ぬほど憂鬱だったし、友達の家にも遊びに行きにくいし、楽しみにしていたイベントをキャンセルしたこともある。

私にとって生理は、大切な自由を奪う存在だった。生理に振り回される日々があと何年も続くと思うと、心底うんざりした。尾崎豊みたいになってるが、そんなわけで生理とおさらばした今「自由だー!!」と出所気分を味わっている。

もちろん、子宮全摘を選んだのは妊娠を望んでいなかったことが前提である。

子どもがほしければ（筋腫は不妊の原因にもなるので）、もっと早い段階で子宮温存手術（筋腫のみを取り除く手術）をしただろう。周りにも温存手術をした後、妊娠・出産した女子が何人かいる。

「40歳になったら」と計画していたのは、自分の中にわずかな不安があったからだ。

私と夫は「選択的子ナシでいこうな」と同意していた。2人ともパートナーが望むなら、ヨッシャー!!　と己をビンタして子どもを作ろうと思っていたが、いざ話し合ってみるとお互い望んでいないことがわかり、ほっと胸を撫で下ろしたのだ。

それから十余年、夫婦と猫2匹で暮らしつつ「やはり我々は子どもをもたなくてよかったな」という思いは年々深まっていた。

でもある日突然カミナリに撃たれたり、神社の階段から落ちたりして、子どもがほしくなったらどうしよう。その時にできるかどうかはわからないけど、クッソー子宮とるんじゃなかったと後悔するのはイヤだし、とりあえず様子を見るか、と考えていた。

でも38歳ぐらいの時に「いやべつに自分で産まなくてよくね？」と思った。

私は血のつながりに興味がないし、むしろ血がつながってるからややこしい、という意見だ。遺伝子を残したいと思ったことも一度もない。私と夫も生物学上は赤の他人だし、子どももそれで全然オッケー、もし万一子どもがほしくなったら、親が育てられない子を養子として迎えればいいのでは？

そう思ったら、すとんと気が楽になった。夫にその話をすると「もし養子を迎えるなら、ブラジル人かアフリカ人がいいな」と言うので「たぶん無理やで、マドンナやアンジェリーナ・ジョリーみたいにはいかへんで」と答えた。

そんなこんなで、私は一点の迷いもなく「とるぜ、子宮！」と決意したのだ。

当時、入院から退院後まで日記をつけていたのだが、それを見返すと「エロ漫画でおなじみの浣腸」「へその掃除が地味につらい」「一番の地獄は拘束プレイ」「ＶＩＯ脱毛やってて正解」「初オナニーに挑戦」「屁が痛い」「中二病でよかった」……など、さまざまなことが書いてある。

ちなみに「中二病でよかった」は手術痕についてである。

私は手術で体に傷が残るのが、全然平気だった。傷＝カッコイイという認識だからだ。手術後、夫に腹の傷を見せると「おお、ポンチさんが渋くなってる！」と褒められて、さすがおまえやなと思った。

傷が残るのは平気と話すと「でも女の子なのに……」とか抜かすおっさんがいて「うるせえな」と思っていたから。やはり持つべきは中二病の夫である。

その日記を見ながら当時を振り返り、続きを書きたいと思う。

8 子宮全摘❷「陰核、勝負！」「陰茎、覚悟！」

子宮筋腫はセックスに密接に関わる病気なのに情報が少ないうえ、「病院でもセックスがらみの質問はしづらい」という筋腫シスターズは多い。質問した時、医師がきちんと答えてくれるかも重要だろう。

私は幸い、信頼できる主治医に出会えた。関西の某病院で働く主治医の男性は『伝染るんです。』のかっぱ君に激似で、人柄は穏やかで優しく、どんな質問にも丁寧に答えてくれた。だがこのカッパ先生に出会う前は、婦人科で何度かイヤな思いをした。

33歳の時、ジジイの医者に「典型的な筋腫子宮だねえ！　さっさと手術しないと子ども産めないよ！」と言われて「子どもを作る予定はない」と伝えると「はあ？　子ども作らないでどうするの」と説教された。
股に器具をつっこまれた状態で「黙れ老害!!」と顔を蹴るのは難しいし、こんな医者にセックスの質問などとてもできない。「子宮とったら旦那さんガッカリするでしょ」といった発言をする医者もいるらしい。こういう一部の医者のドクハラにより、西洋医学に不審を抱いて、自然療法やスピに流れる人もいるのだろう。
世の中にはいいお医者さんもいっぱいいるので、信頼できる主治医を探してほしい。
私はカッパ先生に聞きたいことは何でも聞いていた。手術前の診察で「術後3ヶ月は夫婦生活を控えてください」と言われた時も、
アル「この場合の夫婦生活とは、ペニスの挿入という意味ですよね？」
カッパ「そうですよ」
アル「クリトリスの愛撫やマスターベーションはオッケーですか？」
カッパ「それはもちろん大丈夫」

ときちんと答えてくれた。

私も40歳のＪＪ（熟女）なので「セックス！　せずにいられないッ！」というわけではなく、「性機能に変化がないかを試したい」という好奇心が強かった。

子宮全摘の場合、子宮と膣を切り離して、膣の先端を袋状に縫合する。完全にくっつく前にペニスで突くと縫い目が破れるリスクがあるので、３ヶ月は控えた方が安心です。と説明しながら、先生は「旦那さん、体もごっついしね……」と遠い目をしていた。診察の後、夫に「キミ巨根やと思われてるぞ」と報告した。

カッパ先生の読み通り、うちのマッチョは性欲薄夫だが下半身は益荒男《ますらお》である。

「膣の尺が短くなって、ペニスで突いた時に痛くなったりしませんか？」と聞くと「そもそも膣はすごく伸びるので問題はないでしょう」とのこと。膣は赤ちゃんの通る産道であり、出産時にメッチャ伸びて、出産後しばらくすると元に戻る。それぐらい伸縮自在な悪魔将軍的臓器なのだ。

また「挿入するペニス側の感触が変わったりはしませんか？」と聞くと「うーん、変わったという話は聞かないけど……それはよくわからない」とカッパ先生。そりゃまあそうだろう。「旦那さんはなんて言ってます？」とか踏み込んだ質問もできないだろうし。

しかし「夫婦生活に問題はありません」と言われても「問題ないってどゆこと？もっとｋｗｓｋ」と当事者としては気になるもの。そこであくまで一個人の体験だが、手術後のセックスについてｋｗｓｋ書きたいと思う。

私はとにかく痛みに弱い。なので手術直後は「アルテイシアのライフはゼロよ……」と虫の息だったが、手術の2日後にはドラスティックに回復して、ＨＰがみるみる復活するのを感じていた。

そこで手術5日後に「いっちょ実験オナニーしてみるか？」と思いついた。だが夜中も看護師さんが巡回にくるし、見つかったら超気まずいし、なにより中年女の自慰を目撃する方が気の毒である。

というわけで、エロい妄想をしてみることにした。深夜の病院のベッドの中で、スマホでエロBLを読んでいると、悪魔将軍がしとしと潤うのを感じた。「ハハハハ〜！我が性欲は砕けぬ！　折れぬ！　朽ちぬ！」とラオウのように叫びたかったが、違う病棟に隔離されると困るので、日記に書いた。


順調に回復したため、手術の7日後に退院。

自宅に戻り、猫たちの「どこ行っとってんワレー！」攻撃がおさまった後、「よし、いよいよ初オナニーに挑戦だ」とスマホでエロBLを検索した。

悪魔将軍が十分潤ったのを確認してから、「陰核、勝負！」とクリトリスを指で刺激してみたら、あっけないぐらい普通にイケた。違和感や痛みなども一切なかった。

女友達に「初オナニー成功♪」とLINEで報告したら、みんなから祝福のメッセージが届いた。


しかもなんと翌朝、夢精までしたのである。となりに寝ている夫を叩き起こして「オイ夢精したぞ！」と報告すると「おめでとう……むにゃむにゃ」と寿《ことほ》いでくれた。

この時、私は確信した。「オーガズムに必要なのは子宮ではない、オカズだ」

女は精神的なやる気スイッチが入らないとムラムラしない。男のように精子工場に精子がたまって自然にムラムラする仕組みじゃないし、ほっとくと加齢とともに性欲は減っていく。ゆえに、みずからエロスを補充する必要がある。

退院後の私は美少年がムチャクチャされるBLを読み漁っていたせいか、エロスのオーバードーズ気味で、やたらムラムラしていた。性欲減退に悩む人はアロマやサプリよりも、好みのオカズを探すべきだろう。

やたらムラムラしていたのは、心身ともに調子がよかったことも大きい。心身が不調な時は性欲なんて湧かないものだ。私は念願の子宮全摘をして気分爽快だったし、「生理がない日々はこんなにも快適なものか……！」と感動していた。長年の便秘が治ったような気分だった。

現実のウンコ問題が解決したことも大きい。

私はもともと快便女王で、今でも1日に2〜3回はウンコする。だが手術前は過多月経により貧血気味だったので、鉄剤を飲んでいた。お陰で元気に活動できたのだが、私の場合、たまにウンコが鉄のように固くなる副作用があった（※鉄剤の副作用は個人差が大きい。また筋腫が大きくなり腸が圧迫されて便秘になる人もいる）。

トイレで鋼のウンコを錬成しながら「ぐわあっ……菊門が……！」と叫ぶと、夫が駆けつけて「俺にできることはないか」と聞くので「祈ってくれ！」と頼んだ。すると扉の向こうから般若心経が聞こえてきた。

手術後、生理による出血がなくなり鉄剤と縁が切れて、私は快便女王の座を奪還した。あのままだと切れ痔かイボ痔になっていただろう。「ぼくの子宮を守って」ならぬ「俺の菊門を守りたい」という思いで手術を受けたが、無事に守れてよかったと思う。

セックス解禁の術後3ヶ月を待つ間、バイブを使ったオナニーにもトライした。

美少年がムチャクチャされるBLで股を温めた後、エースで4番の「ｉｒｏｈａ みかづき」選手の登板。念のために奥まで入れず、膣口から約5センチのGスポットを狙い打ちしたところ、あっさりと中イキできた。

この時点で「子宮をとってもビッシャビシャ！」「我がGスポットは健在なり！」と確かな自信を得られた。術後いきなりセックスするのが不安な人は、オナニーで予行演習するといいと思う。


そして3ヶ月検診にて、カッパ先生から「傷はしっかりふさがってます、もう大丈夫」とセックス解禁令をいただく。

ついに生身の初挿入をする時が来た。中年夫婦ともなれば燃え尽きるほどヒートもしないので、事前にオカズを使って股をしっかり温めておく。この世にエロBLがあってよかった。

そして「陰茎、覚悟！」と夫とファーストドッキングに挑戦。

結論から言うと、子宮をとってセックスはむしろ良くなった。というのも大きな筋腫があると、激しい運動をすると腹に振動が伝わって痛みを感じる。「痛いかもな」と不安だと試合に集中できないし、全力でプレイもできない。摘出後はそういった不安がないため「どんな魔球でも、ばっちこい!!」とドカベン選手のように受け止められる。やはりセックスはメンタルの影響が大きい。

私は手術で子宮頸部も切除していたが、奥もちゃんと感じた。もともと膣の神経は手前の1／3に集中しているので、「クリトリスとGスポットで感じる→奥も感じる」というように、快感は連動しているのだと思う。

夫に「俺の悪魔将軍の具合はどうだ？」と聞くと「何も変わってない」との回答だった。もっとコメントないんかいと思ったが、陰茎はわりと鈍感な部品なので、細かい違いとかわからないのだろう。

自分で指を入れて探ってみた感触も「何も変わってない」だった。バナナを切ったり吹き矢を飛ばしたりしたわけではないが、ユルくなる・キツくなるなどの変化も感じなかった。

そもそも膣は快感を覚えるほどギューッと締まる仕組みなので、パートナーのスキルと、お互いのコミュニケーション次第なのだと思う。

『恋愛とセックスで幸せになる　官能女子養成講座』など、私はセックス指南書も書いているため、読者から性の悩み相談をたくさん受けてきた。その中でも一番多いのは「彼氏や夫とのセックスが苦痛」「痛いだけで気持ちよくない」という女性の悩みだった。性に関する調査を読むと、15％の女性が「セックス中いつも痛い、大抵痛い」と答えて、60％の女性が「たまに痛い」と答えている。


女性は前戯で十分に感じることで、膣内が潤い、膣口が開いて、ドッキングの準備が整う。よってパートナーの前戯が下手だったり雑だったりすると、当然痛い。だが多くの女性は気をつかって痛いと言えず、感じているフリをする。

性交痛に悩んで婦人科を受診する女性は多いが、肉体的に問題があるケースはごくまれで、「パートナーの前戯がヘタか雑」「本人に精神的な不安や恐怖心がある」というケースが大半らしい。子宮摘出後に「濡れなくなった」「セックスが苦痛になった」と悩む人の中にも、こういったケースは多いんじゃないか。

私は専門家ではないが、子宮をとった後「ちゃんとセックスできるかな」「痛かったらどうしよう」と不安になる気持ちはわかる。そこで「痛くしないから大丈夫」と安心させて、丁寧な前戯で十分感じさせて、入念に膣を指でほぐしたうえでドッキング、ということをパートナーがちゃんとやってくれるかどうか。そして本人も「こうしてほしい」と相手に伝えられるかどうか。それが術後のセックスの満足度を左右するのではないか。

そして大事なことなので2回言うが、オーガズムに必要なのはオカズだ。なので、おすすめのエロBL（美少年がムチャクチャされるやつ）があったら教えてください。

個人差があるだろうが、私は子宮をとったことでメリットしか感じなかった。が、手術後に「子宮をとったことを悲しまない女は変」という空気をたまに感じた。

たとえば、知り合いのおじさんに子宮摘出の話をしたら「そうか……つらかったな」と言われたので、アル「いや全然、体調もいいし最高ですよ！」
知人「いや、でもやっぱりつらいだろう」
アル「それ盲腸とった人にも言います？」

子宮は女にとって特別な存在、だから失った人は可哀想、と決めつけることが呪いだろう。普通は悲しむべき場面で悲しまない人間はおかしい、とレッテル貼りしてくる人間もいる。

前述のおじさんも「でも盲腸と子宮は違うだろう」とまだ言うので「でも、おりものは出ますよ！　おりものって子宮だけじゃなく膣からも分泌するんですよね！　まあ鼻クソみたいなもんですね！」とハキハキ返したら、それ以上何も言わなかった。

この時、私が本当に言いたかったのは「私の臓器のことを、貴様がとやかく言うな」である。

私は私の子宮をとったが、温存手術を選ぶ人もいれば、手術せずに閉経まで待つ人もいる。

どのような選択をするにせよ、自分の体の決定権は自分だけにある。辛い思いや痛い思いをしているのは自分なのだから、世間や他人の声に振り回される必要はない。


続いての子宮全摘③では、手術にまつわる話を書こうと思う。

カッパ先生はスーパードクターK（カッパ）と呼びたいほどの名医で、手術中の出血量はたったの25ミリリットルだった。大さじ2よりも少ない量で臓器を摘出するなんて、キャトルミューティレーションか？ とびっくりだ。


ちなみに手術後、夫がとれとれホヤホヤの子宮を確認したのだが、「そんなの見るのは無理！」と拒否する人もいるらしい。我が夫はどんなグロ画像もイケるタイプなので、「写真を撮っといてくれ」という私のオーダーに答えて、様々なアングルから撮影してくれた。

その画像を女友達に「見る？」と聞くと「無理！」と青ざめる子もいれば、「見る！おーすごい！ これＬＩＮＥで送って！」と食いつく子もいて、本当に人それぞれだなあと思う。
次回は手術について書くが、グロ画像は載せないので安心してほしい。

9 子宮全摘❸ 念願の我が子宮と対面、夫婦の感想は？

手術から退院後の日々を綴っていた日記には「健康であれば人生の8割は幸せだ。当たり前の日常がいかに貴重で素晴らしいかを忘れずに生きていきたい」と書いている。

が、すっかり忘れていた。

やはり文章に残すのは大事だ。文章に残していたお陰で、こうして手術にまつわる話も詳しく書ける。

手術の前日、関西にある某総合病院に入院。基本的に患者は受け身な立場なので、気は楽だった。センター試験前日の方がよっぽど緊張した。

夫が病院から帰る際に「ポンチさん、これを」と封筒を渡してきたので「まさかラブレター……？　トゥクン」と開いたら、般若心経の写経だった。夫はこの写経を2枚書いて、1枚を京都の寺に納経してきたらしい。「なんだ、ラブレターかと思った」と言うと「ラブレターなんて何の効力もない」と返された。

翌日、手術の前に下剤＆浣腸。腸内洗浄とは大変なものだと実感する。

ゲイの男友達が「フェラと手コキで抜くことが多くて、意外とアナルセックスってしないのよ、準備が面倒だから」と言っていたが、その意味がよーくわかった。

ちなみに彼は「痔になって病院に行った時『先生、ここの入れるところがね』と言ったら『肛門は出すところです！』と怒られちゃった、概念が違うのね」と話していた。

概念。

概念はさておき、全てのウンコを出し切った後、ベッドに寝かされたまま手術室に運ばれる。

手術室は真っ白だった。「バイオハザードみたいですね！」と言いたかったが、病院で縁起でもないので言わなかった。

ついに子宮全摘手術が始まる。

私はエモさに欠ける性格なのか「さらば〜子宮よ〜〜♪」みたいな感傷は皆無で、ひたすら「脊椎麻酔とＶＩＯ脱毛、どっちが痛いんやろか」と考えていた。「背中に打つ脊椎麻酔がメッチャ痛い」とよく聞くため、怯えていたのだ。

痛みとは恐怖なのだと思う。世のお母さん方が「出産に比べたら何のこれしき」とドーンと構えているのは、死ぬほどの痛みを経験したため、恐怖心が少ないんじゃないか。

一方、私は痛い目に遭ったことがない。毒親や恋愛の痛みは売るほど経験してきたが、大きなケガや病気といった肉体的な痛みは経験していない。

そんな私の人生で痛かったランキング第1位は、ＶＩＯ脱毛だった（2位は腸炎でウンコを漏らした時）。ＶＩＯ脱毛をしたことで、私は強くなった。あの痛みを乗り越えたのだから、と歯医者や注射も怖くなくなった。８９３（３２６風に表記）の刺青にも、メンタルを鍛える的な意味があるのだろう。

そんなわけで、脊椎にブスッと針を刺された瞬間「ＶＩＯ脱毛の方が痛い！　大丈夫や！」と思い、「パイパンにしてよかった……」と意識が薄れていった。

そして次の瞬間、パチッと目が覚めた。最初に思ったのは「覚えてないけど、なんかひょうきんな夢を見ていたな」だった。きっと私の死ぬ前の走馬灯もひょうきんな映像集なのだろう。

「手術終わりましたよ、意識はどうですか？」と聞かれて、第一声は「超ハッキリしてます、今からセンター試験も受けられます」だった。

夫いわく、術後にカッパ先生から「奥さん、共通一次も受けられるそうですよ（笑）」と言われたらしい。スーパードクターＫは共通一次世代のようだ。

手術前、私は先生に「とった子宮を見たいし触りたい」と頼んでいて、「わかりました、ただ麻酔でボーッとしてる人も多いので、その時に意識があれば」と言われていた。術後の私はメガシャキ状態だったので、念願の我が子宮との対面を果たせた。

第一印象は「でけぇ」だった。

通常の子宮は鶏卵大だが、我が子宮は小児頭大まで育っていた（通常は100グラム程度だが、850グラムもあった）。

見た目は「産地直送☆宮崎地鶏」という感じで、触ってみると硬かった。その瞬間も「今までありがとう、ご苦労さま」みたいな感傷はなく「手触りはハムですね、お中元お歳暮にイケそう」と感想を述べていた。

その後、病室に戻ると夫が待っていた。

前回書いたように、夫もとれたての子宮と対面していた。その時に撮影してくれた画像を見ながら「どう思った？」と聞くと「R・TYPEの1面のボスみたいだった」との感想。「R・TYPEてなんやねん」「こんな有名なゲームを知らないなんて大丈夫？」と、いつも通りの会話をかわす。

この時はまだ手術の麻酔が効いていて、余裕だったのだ。

そこから地獄のデスロードが始まる。

初めに断っておくが、私は群を抜いた痛がりである。痛みの感じ方は個人差が大きいので、これを読んで「こんなに痛いんだ、手術するのやめよう」とか思わないでほしい。

実際、同じ手術を受けた女友達は「へ〜私はそんなに痛くなかったよ」と話していた。その彼女はVIO脱毛でも眉ひとつ動かさず「あなたなら体中のどこでも脱毛できます！」と太鼓判を押されたという。

また、麻酔の効き方も個人差が大きい。胆嚢の摘出手術をした女友達は「手術が終わってから翌朝まで眠り続けた」と話していたが、私は術後からメガシャキで、そこから一睡もできなかった。

術後の感想を一言で言うと「とてもつらい」。

三国志の霊帝の気持ちがわかる。つらすぎて、ひねったこととか言えないのだ。VIO脱毛はゴムパッチンのような罰ゲーム的な痛みだが、手術後の痛みは全身に矢が刺さった落ち武者的な痛みで、とにかくどこもかしこも痛い。切った傷も痛いし、腹の中も痛いし、手術中に管を入れた喉も痛いし、予想外の伏兵として、尿道がすげえ痛い。尿道カテーテルが痛すぎて「尿道オナニーとかするやつ頭おかしいだろ」と頭にきた。

輪をかけて最&悪なのが、拘束である。左腕は点滴につながれて、両足に血栓予防マシーンをはめられて、身動きがとれない。私は自由に動けないのが苦痛な人間なので「拘束プレイ好きのドMの人は平気なのか?」と考えながら、泣いていた。痛み止めも座薬も眠剤も追加してもらったが、「効かぬのだ……」と泣いていた。

憔悴しきった、ぼろぼろなラオウ。それはもうラオウぢゃないぢゃないか。

とダジャレをかます余裕もなく、泣いていた。眠れないし動けないし、泣くぐらいしかやることがなかったのだ。

長い夜が明けた頃には、真っ白な灰になっていた。だが病室のトイレまで歩いて行けたらカテーテルを抜いてもらえるので、弁慶の立往生のように立ち上がった。そして看護師さんに支えられてヨロヨロとトイレに辿りつき、カテーテルを抜いてもらえた。

その瞬間「俺の尿道は自由だ……！」とベッドに倒れ込み、丸一日、寝たきりで過ごした。

かたや川崎貴子先輩の『我がおっぱいに未練なし』を読むと、乳がんの手術の翌朝、ノートパソコンを開いて仕事している。

バケモノか。

もちろん手術の種類は違うが、強すぎる。川崎さんと私では、モビルスーツと原付ぐらい強度に差がある。やっぱり私は女社長にはなれない。

そんな原付レベルの私も手術2日後にはドラスティックに回復して、3日後には普通に歩けるようになった。腹に力を入れた時や、咳や屁をした時以外は痛みもあまり感じなくなっていた。

あくまで素人の個人的意見だが、私の回復が早かったのは「痛み止めを最大限まで増やしてもらったこと」と「術後2日間、なるべく動かなかったこと」がよかったんじゃないかと思う。


まず体が痛いと気力&体力を持っていかれるので、痛みを減らすことを最優先に考えた。また術後、張り切って動き回る人もいるそうだが、私は「怪我をした動物はじっと動かずに傷の回復に全エネルギーを集中させる、そっちの方がいいのでは？」と考えて、なるべく動かないようにしていた（血栓予防のために体を動かす必要はあるが、それは寝返りやトイレ程度でも十分らしい）。

それが功を奏したのかは不明だが、術後の回復はきわめて順調だった。残りの入院生活は特にやることがないので、のんびり日記を書いたりして過ごした。

術後の日記には「もし友達が手術する時に立ち会う人がいなければ、絶対に立ち会おう。そして術後2日間は付き添おう」と決意が書いてある。

というのも、友達は気をつかって回復した頃に見舞いに来てくれる。それもすごくありがたいが、回復後は痛みも減って気力&体力が戻るので、1人でもわりと平気なのだ。一番心身が弱るのは手術当日とその直後なので、そばにいてサポートしたい。

この決意は今もしっかりと記憶に刻まれている。

「入院中、ヒマすぎてつらかった」という声をよく聞くが、私はヒマは得意なので、ぼーっと考え事をしたり本を読んだりと、快適な日々だった。病院は明るく清潔で、窓からは海と山も見えて、リゾート気分を味わえた。仕事用のノートパソコンも持参していたが、一度も開かなかった。やっぱり私は女社長にはなれない。

ついでに私は不潔も得意なので、5日間シャワーを浴びられなくても平気だった。夫に「締切中は3日風呂に入らないとかザラだしな！」と自慢すると「そういう時のポンチさんは、テトラポッドの匂いがする」と言われた。

アル「キミの足もウォッシュ系のチーズみたいな匂いがするぞ」

夫「だが俺は毎日風呂に入っている」

足のクサい夫は毎日、病院に来てくれた。「病める時も健やかなる時も」という言葉があるが、結婚は病める時ベースで考えるべきだろう。大変な時に支えてくれない伴侶などいない方がマシだ。そんな相手と暮らしても孤独とつらみが増すだけだし、「無縁仏に、俺はなる！」と俺は思う。

カッパ先生に「もうがっさ元気ですわ、自宅でも余裕でいけますわ」とアピールして、予定より1日早い手術7日後に退院した。

個人差があるだろうが、私は退院して3日目には通常の速度で歩けるようになり、毎日30分のウォーキングを始めた。「せっかく子宮もとったし、健康になって、ついでに痩せよう！」と意識が高まっていたのだ。

そして退院の3ヶ月後にはホットヨガに通い始めた。インストラクターの「心を空っぽにして大地とつながりましょう……」という声を聞きながら、だいたい金とメシのことを考えていた。

この時期は子宮全摘ハイになっていたのだと思う。手術前は過多月経で運動もできなかったので、体を動かせることが嬉しかった。それで近所のヨガスタジオに通いまくって、体力もついたし体も引き締まった。

しかし1年たった頃には、ヨガもウォーキングもやめてしまった。理由は、面倒くさいから。子宮をとっても人間の中身はそう変わらないものである。

子宮をとって、私は以前とは比較にならないほど健康になったが、もちろん心身の調子があまりよくない時もある。子宮をとろうがとるまいが、それは誰にでもあることだ。

ただでさえ40代は疲れやすくなったり、体のあちこちが傷んだり、無理がきかなくなるお年頃。そんな時に「子宮をとったせいかも……？」と理由探しにハマると「子宮をとると悪いことが起こる!!」という子宮教の呪いに利用される。

ネットで検索すると「幸せは子宮が引き寄せる!!」「子宮に感謝すれば願いが叶う!!」といった言葉が出てくる。「屁のツッパリはいらんですよ」ぐらい言葉の意味はわからんが、とにかくすごい自信だ。

人は「わかりやすい理由」を欲しがるが、悪いことをしたから病気になるわけじゃないし、生きていれば誰だって病気になる可能性はある。私は現代医療のお陰で病気の苦しみから解放された、そのことに感謝している。

今では好きな時に好きなところに行けるし、旅行の計画も立てられる。手術前はトイレで大量の血を見るたび「当分、遠出はできないな」とうんざりしていた。月の半分をそんな気分で過ごすなんて、人生がもったいない。もっと自由に元気に生きたい。そう思って手術を決意してよかった。

術後の痛みは一生忘れないと思ったが、1年過ぎた頃には「そういえば手術したっけな？」と遠い記憶になっていた。今では自分に子宮があったことすら忘れそうな日々である。

たまにふと思い出すのは、トイレの戸棚にあるナプキンの在庫を見た時ぐらいだ。「捨てるのももったいないし、利用方法はないかね」と女友達に話すと「花粉症の時に使ったら？　ドロッと鼻水も吸収！」「窓に挟んで結露を防いだら？」「凍らせてアイスノンにしたら？」とアイデアが寄せられた。

ネットで検索すると「生理用ナプキンを靴の中敷きにすると足のニオイを防げる」との情報を得た。たしかにテープもあるしズレなくて便利。

今度、夫の靴にナプキンをそっと忍ばせたいと思う。

10 子宮全摘❹「アルティシアは激怒した」

今はもう「生理は我慢するもの」という時代ではない。生理の悩みに対する治療の選択肢が増えていて、「ピルやミレーナを使用して悩みから解放された」という声をよく聞く。定期的に検診を受けることで、早期発見できる病気もある。

そう頭ではわかっていても「婦人科はハードルが高い」「内診を受けるのが恥ずかしい」という女性は多い。

私のようにひらりと診察台に飛び乗り「今年はタイガースどうですかね〜」と世間話しながら内診を受ける女は、奇行種なのかもしれない。

産婦人科医の女友達は「こっちは何万個も診てるから、どんな性器が来ても眉ひとつ動かさないけどね」と言っていた。

患者にとっては世界に1つだけの穴でも、医者にとっては毎日見飽きている穴であり、王将の店員にとっての餃子みたいなものなのだ。「餃子みたいなものなのか」と思って、ぜひ検診に行ってほしい。

唇の色や形がみんな違うように、性器の色や形も人それぞれ。みんな違って、みんないい。小さい穴や大きな穴、1つとして同じものはない、世界に1つだけの穴。とSMAPも歌っていた。

「でも痛いし」という意見もわかる。内診の痛みを減らすには、ゆっくり息を吐いて体の力を抜くのがコツだが、他にも方法はないものか？　と試しに夫に聞いてみると「般若心経を唱えることだ」と返された。

アル「般若心経はそんなに万能なのか？」

夫「三蔵法師がわざわざ天竺までとりにいったんだぞ」

アル「たしかにマチャアキとか大変そうやったよな」（※昭和生まれなので香取慎吾ではない）

診察台でお経を唱えることでマインドフルネスできていいかもしれない。読経もいいが、オナニーもおすすめだ。私は日頃からバイブなどに慣れ親しんでいるため、異物の挿入に抵抗がない。

とはいえ、やはり自分で入れるのと他人が入れるのとは違う。友人は内診の時に痛がっていたら「セックスしたことあるんでしょ！」と医者に暴言を吐かれたという。足の指で器用に目つぶししたいが、患者が医者に抗議するのは難しい。こんなイヤな体験をしたら「二度と婦人科なんて行くものか」と思って当然だろう。

世の中にはいいお医者さんもいっぱいいるが、きちんと説明してくれない医者、一方的に治療の方針を押しつけてくる医者もいる。私も病気になって、医者選びの大切さを思い知った。

入院中も「マジで医者によって全然違うな」と実感する出来事があった。

子宮全摘手術の後、我が下腹はぽっこりと膨らんでいた。もともと腹は出ていたが、850グラムの臓器を摘出したのだから、多少はへこむと思っていたのだ。それに手術前に絶食&腸内洗浄したこともあり、体重は3キロ減っていた。

なのにWHYなぜに？　子宮をとったのに妊婦みたいになってるのか？　まさか宇宙人の仕業？？

と疑問だらけだったので、回診にきたカッパ先生じゃない男性医師に「この下腹はへこみますか？」と聞くと「気にする人もいるけど、健康が一番ですから」と返されて、アルテイシアは激怒した。

「質問に答えんかいワレー!!」とモンスターに変身したかったが、警備員にハンティングされると困るので我慢した。

その後、カッパ先生に同じ質問をすると「手術で筋肉を切ったからお腹が出てるけど、傷が治るにつれて自然にへこむから大丈夫。帝王切開で赤ちゃんを産んだ患者さんもちゃんと元に戻ってるからね」「焦って腹筋とかがんばっちゃう患者さんもいるけど、傷が完全に治るまで3ヶ月間は激しい運動は控えてね」と答えてくれた。

チンポ先生……！　じゃなくて、カッパ先生……！

私はアシリパさんの変顔で感動して、この先生が主治医でよかったと感謝した。「健康が一番ですから」と屁みたいな回答しかもらえなかったら「もういいや、ネットで調べよう」と思ったかもしれない。そうやってネット上の医学的根拠のない情報に振り回される人もいるだろう。

「情報の取捨選択の大切さ」。大事なことなので般若心経のように写経して、その紙をむしゃむしゃ食べたいと思う。

世の中には、病人にやたらアドバイスしたがる人がいる。

手術前、私は鉄剤のお陰で元気に活動できたのだが、「薬じゃなく食べ物で補った方がいいわ、毎日レバーを食べなさい」と勧めてくる、レバーおばさんがいた。

レバーを毎日食べるとビタミンA過剰症を引き起こすリスクがあるため、プロの栄養士は「貧血予防にレバーを食べるとしても週1～2回が目安」と指導している。ビタミンA過剰症は妊婦には特にリスクが高いらしい。

そういった知識もなくレバーレバー言うてくる人は、無責任すぎるんじゃないか。

子宮をとると話すと「もともと必要な臓器をとるのはよくないわ」と、やれオーガニックだの冷えとりだの中国針だの水素風呂だの勧めてくる人がいて「うるせえな」と思っていた。親切心で言ってくるのだろうが、「余計なことは言わない」のが本当の親切だろう。

私も老害にならないために「求められない限り、アドバイスはしない」とJJべからず帖に刻んでいる。31ページに書いたが、入院中は若い女医さんにアドバイスを求められて、恋愛相談に乗っていた。

「彼氏が無責任に『子ども欲しいな〜』とか言うから信用できなくて、隠れてピルを飲んでるんです」

「そんな信用できない人と50年暮らせるの？」

「そうなんですよね……でも年齢的にも焦るし、次はないんじゃないかって」

「気持ちはよーくわかるけど、その焦りが一番ヤバいよ。溺れる者は糞をもつかむで、違和感に目をつぶっちゃうから」

「たしかに……私が仕事で疲れて愚痴を言うと、彼は不機嫌になるんですよ」

「たぶん自分の中で答えは出てると思うよ。その声に耳を澄ませることが大事」

といつもの話をしていた、5日間風呂に入ってない状態で。


私はいつも同じ話をしているが、ますます確信が深まった。結婚は50年の共同生活で、その間には病気やケガで手術や入院をすることもあるだろう。何日も風呂に入れなくて、顔も体もむくんで、「痛い」「つらい」しか言えない、そんな時に支えてくれる人、自分も甘えて頼れる人じゃないと無理である。

そして「男女は恋愛感情がなくなってからが本番だ」とも思った。夫に恋をしていたら「こんなブスゴリラな姿を見せたくない」と見舞いも断ったかもしれない。

かつての私は彼氏にすっぴんを見せるのも抵抗があったが、夫には最初からゴリゴリに見せていた。恋愛感情がなかったからだ。

乙女ゲーの仕事では「ドキドキが止まらない……静まれ、心臓！」みたいなやつを書きながら、夫の前では「こんなに心臓静まりっぱなしで大丈夫か？」と不安に思っていた。でもドキドキしないからこそ、素をさらけ出すことができたのだ。

紀香と陣内が結婚した時、テレビで陣内が「お互いの前でオナラをしないのがルール」と話すのを聞いて、「オナラのできない家は滅びる」と予言していた夫。

家を滅ぼさないために、私は積極的に屁をこいている。「スカンク！」と叫んで屁をこくと、夫に「スカンクが出しているのは屁じゃない」と言われて「えっ、屁じゃないの？」と驚いた。

夫「スカンクは肛門の脇から、強烈な悪臭のする分泌液を噴射している」
アル「へ～そうだったのか」
夫「こんなことも知らないなんて大丈夫？」

その後、夫はテレビに映る新垣結衣を見ながら「長澤まさみは人気だなあ」と言っていた。

アル「これは新垣結衣、キミは美人の区別がつかないんやな」

夫「新垣結衣と長澤まさみは美人なのか？」

ムスカ以上に目のイカれた男の前では、すっぴんも見せられるというものだ。夫に「今日の我もかわいい？」と聞くのが日課の私が、本日も「かわいい？」と問うたところ「ハーピーみたいでかわいい」と返ってきた。

アル「ハーピーって誰やねん」

夫「ギリシア神話に出てくる聖獣、ネットで調べてみるといいよ」

あとからハーピーでググってみると「醜悪な姿でひどい悪臭を放ち、そこらじゅうでウンコしまくる」と書いてあった。

やっぱり夫はいつも私を笑わせてくれる。昔は「いつ死んでもいいや」と投げやりだったが、夫と出会って「なるべく健康で長生きしよう」と思うようになり、検診にもちゃんと行くようになった。

一方の夫は人類が火星に行くところを見るために、長生きしたいらしい。「へえ、人類ってまだ火星に行ってないのか」と言うと「……………しっかりしろ！！！」と肩を揺さぶられて「しっかりしてる」と答えた。

人類がいつ火星に到着するかは知らないが、その時まで長生きできたら、感極まる夫のとなりで「へえ」と薄いリアクションをしたいと思う。

11 子宮全摘5 傷と金の話とメメントモリ

私は「傷＝カッコいい」という認識なので、手術の傷が残るのは全然平気だった。金カムでは不死身の杉元も好きだが、推しは谷垣ニシパである。

腹腔鏡手術をした女友達も「銃創みたいで渋いやろ？」と自慢していたので、類は友を呼ぶのかもしれない。

もちろん手術の傷が気になる人もいるだろう。子宮摘出手術には主に開腹手術と腹腔鏡手術があって、腹腔鏡手術の方が傷も小さく回復も早い。

私は８５０グラムのメガ子宮に育っていたため、開腹手術になった。個人的に丸ごとの子宮と対面したかったので、それでよかったと思う。

開腹手術には縦切りと横切りがあって、筋腫の大きさや位置によって決まるらしい。

一般的に縦切りの方が手術しやすく、横切りの方が傷が目立ちにくい（恥骨のあたりを横一直線に切るのでパンツに隠れる）というメリットがあると聞いた。

私は縦切りで手術して、ヘソ下5センチから下方に約10センチの傷が残っている。手術後は赤く腫れていたが、1年たった頃には幅1ミリ程度の白い線＋結び目になっていた。傷の治りも個人差があるだろうが、近くでじっくり見ないとわからない程度だ。

それに、女の腹はまあまあ線だらけである。パンツやパンストの跡が縦横無尽についていて、どれが手術の傷だかよくわからない。

術後、スーパードクターK（カッパ）先生は、「腹の傷が裂けませんか？」というアホみたいな質問にも「見えないところを四重に縫ってあるので裂けませんよ」と優しく答えてくれた。

そして、傷をキレイに治すための医療用テープの貼り方を教えてくれた。「美容クリームとか塗る人もいるけど、逆にニキビができちゃうからね」と細やかな気づかいで、カッパに見えてギャルなのかもしれない。

以前、夫もヒジを故障して手術したのだが、主治医に「なるべく目立たないように縫いますが」と言われて「別にいいです」と返したら「さすが格闘家ですね！」と言われたらしい。

だがこれは格闘家というよりも、中二病だからである。若い頃の彼はストⅡのサガットに憧れて、顔に傷を描いてコスプレ姿で街を練り歩いたそうだ。スタンド使いと同様、中二病は中二病を引き寄せるのだろう。

私の場合、妊娠を望んでいなかったこと、生理とおさらばしたかったことから、子宮温存ではなく全摘を選んだ。その他、子宮をとるメリットとして「筋腫の再発の可能性がゼロになること」「子宮頸がんや子宮体がんのリスクがゼロになること」も挙げられる。

カッパ先生に「逆にデメリットはありますか？」と聞くと「妊娠できなくなる以外はないです。ただ、子宮を失った喪失感で落ち込む人はいますけど」とのこと。

妊娠を望んでいなくても、「子宮をとると女じゃなくなる」と手術をためらう女性もいるという。それが子宮頸がんや子宮体がんであれば命取りになるわけで、「子宮＝女のシンボル」的なイメージは女性を苦しめるだけではないか。

某男性作家が「初めて結ばれた時、男性のシンボルをどのように感じたか、母と娘で率直に話し合おう」と書いていて「マジキチ親子やないか」と思った。そういうチンポ教の信者が「女は子宮で考える」とか言いがちなので、子宮教とチンポ教の信者は相性がいいかもしれない。

チンポ教はさておき、病気の早期発見のためにも、婦人科検診を受けてほしい。前回のコラムに「餃子みたいなものだと思って、検診を受けます！」との感想をいただいて嬉しかった。マンコが餃子ならチンポは春巻だろうか、皮に包まれているし。

「検診で筋腫が見つからなければ、夫と結婚してないと思う」と語る女友達が2人いる。2人ともアラサー期に大きな筋腫が見つかり「将来、妊娠を望むなら今のうちに手術した方がいい」と医師に言われて、真剣に人生を考えたという。

それ以前は、「いつか結婚して子どもがほしいな〜」とゆるふわだったのが、「自分の人生に子どもが存在してほしい」「そのために一緒に子育てするパートナーがほしい」とハッキリしたんだとか。

それで子宮温存手術後に婚活を始めて、1年後には結婚を決めた。「子育てのパートナーとしてどうか？　という明確な基準があったから、今の夫を選べたんだと思う」と振り返る彼女たち。

今では2人とも母親になり、子煩悩な夫と育児に励んでいる。このように、婦人科検診が人生を変えるキッカケになることもある。なので王将に行くような気分で病院に行ってほしい。

ちなみに私は551の蓬莱が好きだ。

551の豚まんは美味い。私はポン酢をつけて食べるが、ウスターソースをつけても……と豚まんの話を続けたかったが、当連載の担当アサシン嬢から「金の話を知りたいです！」とのオーダーをいただいた。

セックスは得意科目だが、金については素人以下のボケナスの私。ボケナスのうろ覚えの記憶で書くと、手術と入院費でトータル20万円ちょっと払った（健康保険適用で3割負担の金額）。

その後、個人で加入していた保険と、高額療養費制度（月額で一定額を超えると支給される国の制度）によって、トータル26万円のキャッシュバックがあった。つまり6万ほどプラスになったのである。

ボケナスなので申請のやり方とかは全部、保険会社の電話窓口と病院の受付で教えてもらった。

私は新卒で広告会社に入社した時、営業のおばちゃんに押し負けて保険に加入していた。

保険の考え方はいろいろだが、私は「あの時、営業のおばちゃんに押し負けてよかったな」と思う。

まず病気になると新規で保険に入るのが難しくなるので、健康な若いうちに入っておいてよかった。若かったので月々の保険料も安かった。

今回は医療費もさほど高額ではなかったし、継続的な治療も必要なかったが、もっと医療費がかかる場合や継続的な治療が必要な場合もある。治療と仕事の両立が難しかったり、以前のように働けなくなる場合もある。そうなった時に全額自腹で払うのはキツいし、心身がキツい時に金の不安があるのはキツすぎる。

貯金が2兆円あったり実家が石油王とかならいいが、そうじゃなければ保険に入っておく方が安心だろう。……ぐらいのことしかこのボケナスには書けない。もっとちゃんとした話は、川崎貴子先輩が書いてくれるんじゃないかな（丸投げ）。

保険で儲かったという川崎さんの乳がん日記には「私のおっぱいはスリムであるが故、しこりはできた途端すぐわかった。貧乳がこんなところで役に立つとは」と書いてある。

少し前、私の親友も乳がん検診でしこりが見つかった。彼女もスーパースリムなおっぱいで、自分で触ってしこりに気づき、すぐに病院に行って検査を受けた。

良性か悪性かの検査結果を待つ間、私もずっと不安だった。「もし二度と彼女に会えなくなったら」とイヤでも考えてしまった。

一番不安なのは本人だが、根が底抜けに陽気なJJなので「貧乳だからマンモ検診でも挟むものがなくて、ほぼ皮を挟んでる」「乳房の温存手術っていうけど、私は何を温存するの？　乳首？」と話しながら、2人でゲラゲラ笑っていた。我が夫は妻の親友のために、般若心経を唱えていた。

検査の結果は良性だった。

後日、彼女と祝杯をあげながら「ほんと、メメントモリなお年頃だね」と話し合った。40歳を過ぎて、死を想う機会が増えた。でもそれは、けっして悪いことじゃないと思うのだ。

人はいつか死ぬし、それがいつかはわからない。ひょっとすると明日、事故で死ぬかもしれない。つまらないことでケンカしている時に愛する人が死んでしまったら、一生後悔するだろう。

だから、ちゃんと愛情を伝えたい。最期の記憶はなるべく笑顔であってほしい。

私は毎朝、出勤する夫を見送る時に「いってらっしゃい」とキスして「ボエエエッ!!」とゲロを吐く真似をする。それを見た夫は笑顔で家を出て行く。また常日頃から「おまえさんと暮らせて幸せだ」と言葉で伝えている。

それは猫に対しても同じである。猫は私よりも先に死ぬ可能性が高く、それを考えると憤死しそうになるが、毎日「ラーメンマンとカメハメは世界一の天才キャット、ふたりと暮らせて最高に幸せだ」と言いながら、ブラッシングしている。おかげで2匹の毛並みはつやつやだし、毛玉が少ないのでめったにゲロも吐かない。

これがメメントモリ効果だろう。死を想うことで、大切な存在を大切にしようと思える。

私は自分が幸せになりたくて家族がほしかったが、結婚して「自分が家族を幸せにしたい」と思うようになった。実の両親に対してそんなふうに思ったことは一度もなかった。

大切に思う者同士が一緒に暮らせば家族になるし、そこに恋愛感情は必要ないし、種族も性別も血のつながりも関係ない。

それに、メメントモリ効果によって日常の他愛ない時間が貴重に思える。ちなみに昨日は晩ごはんを食べながらこんな会話をかわした。

アル「なぜキミは新垣結衣と長澤まさみの区別がつかないのか？」
夫「じつは沢尻エリカも区別がつかない」
アル「えっ、沢尻エリカは全然違うやん」
夫「いや、みんなあだち充のヒロインぐらいソックリだ」

その後、テレビを観ながら夫に「オウムとヨウムって何が違うの？」と聞くと「オウムはオウム目オウム科に属する鳥で、ヨウムはオウム目インコ科に属する鳥。オウムは頭にトサカのような羽があるが、ヨウムにはない。ヨウムの方が言葉を覚えるのが上手い」とすらすら答えていたので、鳥の区別はつくらしい。

美人よりも鳥が好きな夫は「俺が死んだら鳥葬にしてほしい」と言っている。ペルーとか行かないと難しそうだが、私が夫を看取ることになったら、なるべく希望に沿えるように努力したいと思う。

12 夫と出会って「子どもが欲しい」と思わなくなった

以前、金田淳子さん（BL研究家・社会学研究者）と対談した時に「結婚したいと思ったことも、子どもが欲しいと思ったことも一度もない」と仰っていた。

「私、子どもの形状が苦手なんですよ。頭が大きくて等身が低い」「やっぱり少しはかわいく思ってないと、欲しくならないですよ」という率直な意見に感銘を受けた。

後日、読者イベントに参加してくれた女性が「金田さんのあの言葉に救われました……うっ」と涙ぐみつつ「子どもを欲しいと思わないって、堂々と言ってもいいいんだって」と話していた。

その後も「あの言葉に勇気をもらった」と女性たちから感想をいただいた。

それだけ世の女性は「女は子どもを産むべき」「子どもを欲しくない女はおかしい」というプレッシャーにさらされているのだろう。子どもの材料は精子と卵子で、男女で製造するものなのに、女ばかり責められる風潮が強い。

「犬を飼いたいと思わない」と言っても責められないのに、それが子どもになると「少子化ガー」と批判してくる人々がいる。だが、国のために子どもを産む人なんていないだろう。

選択的子ナシの私は「キミみたいな人がいるから少子化が進む」と面と向かって言われたこともある。そういう相手には「質問を質問で返すなあーっ!!」返しをキメる。

「じゃああなたは国のために子どもを作ったんですか?」「地球全体では人口爆発していて数百年後には滅亡すると言われてますが、それについてはどうお考えで?」と質問すると、大抵相手は黙る。

続けて「残された資源をめぐって争いが繰り返される、暴力が支配する世界に現れた暗殺拳……!」と北斗神拳返しをすると、相手は「こいつと関わらないでおこう」と去っていく。

また「子どもを産みたくても産めない人もいるのに」と批判してくる人もいる。

「産みたくても産めない人もいるのに、産まないなんておかしい」と批判する人は「女は子どもを産むのが自然、産まないのは不自然」と考えており、その価値観こそが産みたくても産めない人を苦しめている。

私は子どもを授からなかった方から「子どもがいなくても幸せそうなアルさん夫婦の姿が励みになった」という感想をよくいただく。産まない選択をした者の存在は救いにもなりうる。それを実感しているから、ちゃんと自分の言葉を伝えていきたいと思う。

そんな私だが、夫と出会う前は「子どもが欲しい」と思っていたし、彼氏ができるたびに「この人と結婚して子どもを産むのかな？」と考えていた。だが、夫と付き合って「勘違いやった！」と気づいた。

私は「家族」が欲しくて、その家族に子どももセットで含まれると思っていたのだ。でも本当に欲しかったのは「伴侶」だった。本当に欲しいものを得て満たされたことで「自分は子どもが欲しいわけじゃない」と気づいたのだ。

正確に言うと「子どもが欲しくない」というよりも「欲しいという欲求がない」。子どもを持つことに経済的な不安や、ちゃんと育てられるのかという不安もある。でも「子どもが欲しい」という欲求があれば、不安があっても産むだろう。不安があるからじゃなく、欲求がないから産まない。

なので「なんで子ども作らないの？」と聞かれたら「欲しいという欲求がないから」と答えている。これぐらいシンプルに返した方が、相手はゴチャゴチャ言ってこない。

「犬を飼うのは大変だし責任も重いけど、飼ったら何とかなるよ」と言われて「そもそも飼いたくないんで」というのと同じである。そもそも飼いたくない人に「飼ったら絶対かわいいよ」「飼わないと後悔するよ」「老後が寂しいよ」と説得する人はいないし、それこそ無責任な話だろう。

「私も子ども欲しくなかったけど、産んで本当によかった、あなたも産めばわかる」

と言ってくる人もいるが、それはその人個人の経験であり、他人に当てはまるとは限らない。自分と他人は別の人間なのだ。

夫も子どもを望んでいなかったので、我々は子どもを持たない人生を選んだ。それは我々ふたりの人生であって、他人の人生は関係ないし、その選択を勧める気も押しつける気もない。

私の周りは選択的子ナシの夫婦が多い。当連載の担当アサシン嬢も「うちも子どもは持たない予定です。理由はいろいろあるけど、子どもができたら夫と仲が悪くなる気がするんですよ」と話していた。

その気持ちはよーくわかる。それは日本で子どもを産み育てるのが大変すぎること、特に女性に負担がかかりすぎることが原因だろう。育児が大変すぎて余裕がなくて夫婦仲がギスギスして「私の半分も育児してない夫がイクメンぶってるのが我慢ならぬわ笑止！」と憤怒している女友達も多い。

日本はお母さん方が血反吐を吐きながら子育てする修羅の国。日本の子持ち女性は世界で一番睡眠時間が短いとも言われる。そんな彼女らを少しでもサポートしたくて、私は以下を実践している。

・子どもが泣いたり騒いだりしていたら、とびきりの笑顔で「大丈夫ですよ！」とアピール
・電車で子連れママに席を譲る、ベビーカーを運ぶ
・新幹線で子連れママに「何かあったら声をかけてくださいね」と声をかける
・被災地の子どもの学習支援のための寄付を続ける
・誘い控えをしない。夜の飲み会など「子どもがいるし無理かな」と思っても、一応声はかける
・子育てや家庭の愚痴を吐き出せる場（ＪＪ会）を設ける

幼児に慣れてないので「子守は俺に任せろ！」とは言えないが（猫と違って落とすと自力で着地できないのも不安）、自分にできることをしたいと思っている。

周りを見回すと、子持ちで仲がいいのは「うちは夫が育児をめちゃめちゃやってる」という夫婦だ。妻の夫への愛情が冷める理由の1位は「子育てに協力的じゃないこと」らしいが、逆に夫がめちゃめちゃ育児をやってる家庭の妻は「子どもができて夫をもっと好きになった」「子煩悩な夫の姿にときめく」と語る。

また妻の側に「全部自分でやらなきゃ」「完璧な母親にならなきゃ」といった気負いがなく「手を抜けるところは抜く！　使えるものは使う！　テキトーが一番！」ぐらいの方が、余裕があって夫婦円満な様子。

子どもにとっては夫婦円満が一番ありがたい。うちの両親はケンカが絶えなかったので「とっとと離婚してくれ」といつも思っていた。

世の中には「子どもがいるから離婚できない」「子どもなんか産むんじゃなかった」と親に言われて傷ついた人間がいっぱいいる。直接言われなくても、子どもは親の気持ちを敏感に察するものだ。そうやって傷ついた人間が「子どもを産みたい」と思えなかったとして、誰が責められるのか。

要するに、人それぞれ事情があるのだ。それを無視して、ワガママだの無責任だの決めつける方がおかしい。

さて。真面目な話を2703文字も書いたら疲れたので、ここからはテキトーに書こうと思う。やはりテキトーが一番である。

アサシン嬢は「東京の友達は独身と既婚子ナシが多いけど、地元の友達はほぼ全員子どもを産んでます」と話していたが、たしかに地域差は大きい。都会より地方の方が、子ども産めというプレッシャーは強いだろう。

岸和田（だんじり祭で有名な地域）出身の女子が「地元の友達は3人の子持ちとかざらにいますよ、しかも子どもの名前が爆羅騎《バラキ》とかなんです」と話していた。習字の時に小筆で書くのが大変そうだ。

私はヤンキー成分の薄い人生を歩んできたが、母の2番目の弟である叔父が元ヤンだった。彼はホットロードを爆走した後、17歳でデキ婚して4人の子をなした末に離婚。その4人の子どもたちも早婚でジャンジャン子どもを作っている。

おまけに叔父は再婚してまた子どもを作ったし、再婚相手の女性にも連れ子がいる。その叔父と離婚した叔母の方も再婚して、新たに2人の子どもを産んだ。彼女は通算6人の子を出産しており、見事な子宮のフル活用ぶりである。

しかも驚くことに、そのメンバー全員が仲良しなのだ。ヤンキーのコミュ力すげえ。「穴兄弟と竿姉妹」というバンドを組めるんじゃないか。

祖父の葬式で20年ぶりに親戚が集まった時、叔父ファミリーのテーブルは映画『ゴッドファーザー』のようだった。30代の従妹には15歳の子どもがいて「おじいちゃん、もうちょっと待ってくれたら玄孫《やしゃご》もイケたかもね」と話していた。従妹たちは喪服に茶髪にギャルメイクで、シックなキャバ嬢っぽくてかわいかった。

私は弟とふたりでポツンと座りながら「我々の一族が滅亡しても、あっちが子孫繁栄してるからいいよな」と話し合った。そんな私もホットロード方面に進んでいたら、ジャンジャン子どもを産んで「呉爾羅《ゴジラ》」とか名づけたのだろうか。

余談だが、いつもアナルの話をしている金田さんと「ゴジラVSガメラ」みたいな感じで「アナルVSヴァギナ」対談をしてみたい。アナルとヴァギナ、どちらが生き残るのか。

『シン・ゴジラ』の牧教授は「君らも好きにしろ」という言葉を遺し、カヨコ・アン・パタースン特使は「この国で好きを通すのは難しい」と言っていた。

産みたい人が産めなかったり、産みたくない人が責められたり、ポイズンみが強いこの国では本音を吐き出せる場所が必要だ。

わが家では定期的にＪＪ会を開いており、未婚・既婚・子持ち・子ナシの女たちが集まる。昔は「友達に子どもができたら話が合わなくなるかも」と不安だったが、実際はそんなことなかった。属性やマウンティングに興味がない、想像力と気づかいのあるメンバーであれば、ずっと友達でいられるのだ。

先日のＪＪ会では、不妊治療の末に出産した友人が「あんなに欲しかった子どもなのに、たまに全てを投げ出したくなる」と話して「わかる！　私も全部捨てて逃げたくなる」「仕事や介護も同じだよね、ストレスや疲労がたまると誰でもそうなるよ」と頷き合った。
こうやって吐き出す場所さえあれば、何とかなる。それはリアルでもネットでもどこでもいいと思う。

「小さな赤ん坊といると、かさばる夫がウザい」「夫のニオイに耐えられない」「産後のホルモンの変化が原因かもね」と話しながら、私も加齢によるホルモンの変化で夫がウザくなったらどうしよう、と思った。

うちの夫は足もクサいが、頭皮もすげえクサい。夫の枕の黄色さに度肝を抜かれて「キミは頭皮から重油が出ているのか？」と聞くと「頭皮から重油が出たら一攫千金だぞ」と返された。続けて「世界は石油で動いているのに、ポンチさんは油に対する意識が低いなあ」と嘆かれた、頭から黄色い汁を出す人間に。
いつの日か「夫クセえ、あっち行け」とならないためにも、頭皮ケア用のシャンプーをプレゼントしようと思う。

13 2兆円とパートナー、どっちを選ぶ？

「2兆円とパートナー、どっちを選ぶ？」と質問すると、食い気味に「絶対2兆円!!」と答える。私の周りのアラサー独身女子はそっち派が多い。

「好きなものもやりたいことも多すぎて、婚活してるヒマなんかない」「彼氏はいなくても、推しがいれば満たされる」と語る彼女たち。同時に「毎日楽しくて幸せだけど、本当にこれでいいのかな？」「恋愛も結婚もしてない自分は欠陥人間かも？」とモヤモヤを抱えている。

私から見ると、**彼女らは「男いらず」で楽しく幸せに生きていける「完全生命体」である。**そんな彼女らをモヤらせるのは「女は恋愛・結婚するのが普通」「それができない女は不幸」という、旧石器時代から続く価値観だろう。

一方、当連載の担当アサシン嬢は「2兆円は欲しいけど、私はやっぱりパートナーを選びます」「私は推しは確保したから次は男だ！　というタイプですが、私みたいな『推しは別腹』タイプと『推しで満腹』タイプがいるんですね。男いらずな方のお話は、自分と違うから新鮮です」と話していた。

その通り、世の中にはいろんなタイプがいて、それぞれ向き不向きがある。それなのに「結婚した方が幸せ」と決めつける方が間違っている。

私は18歳から11年間1人暮らしをしていたが、1人暮らしが向いてると思ったことは一度もなかった。「寂しい、一緒に暮らす家族がほしい」とずっと思っていた。

大学時代、女友達が居候している時期があって、その時は寂しくなかった。人と暮らすストレスは多少あったけど、それ以上に同じ家に誰かがいることや、他愛のない会話ができることが嬉しかった。

嬉しいというより、私にはそれが必要だったのだ。

寒さに弱い人間は毛布がないと凍え死ぬ。私は死なないために必死で毛布を求めてるのだろう。「アル子、それ毛布やない、腐った雑巾や」みたいなやつに手を伸ばすことも多かった。一方、寒さに強い人は毛布がなくても平気だし、むしろ「暑い、ウザい」と感じるのだろう。

夫と出会う前、私は「何かが欠けている」といつも感じていた。夫という必要なピースが埋まったことで、ようやく生きていけるとホッとしたのだ。

そんな不完全な私は、男いらずな女子が本気で羨ましかった。女友達に究極の完全生命体タイプのＪＪがいて、何もない真っ白な直方体の空間に住んでいる。

何もないとは比喩ではなく、正真正銘の「無」なのだ。中古マンションの壁をぶち抜きワンルームにして、四方の壁に白い扉のクローゼットを作り、その中に家具も家電も何もかも収納して、真ん中にハンモックを吊るして眠る。そんな彼女は「精神と時の部屋に住む女」と呼ばれている。

本人いわく「視界にものが入ると落ち着かない」そうで、部屋にはエアコンすらない。そりゃ男なんていたら邪魔でしかたないだろう。

彼女は25歳の時に「彼氏もいらないし、結婚もしたくない。一生誰かと暮らすことはないだろう」とマンションを購入。自分の理想の巣を作って、今も機嫌よく暮らしている。

職業は教員なのだが、元教え子たちが子どもを連れて遊びに来るそうだ。「子どももいないのに孫がいる気分」と楽しそうに話す姿を見ると、部屋も人生も自分に合う形にカスタマイズすればいいんだな、と思う。

彼女以外の選択的シングルのＪＪたちも、みんな「私は自分のペースで自分の好きなように暮らすのが合ってる」と己の向き不向きを自覚している。

一方で「私はいつか結婚して子どもを産むと思ってたよ」と語るＪＪもいる。彼女らは「自分に無理せず生きてきたら独身だった」というタイプで、35歳ぐらいで「私にはこの生活が合ってるな」とソフトランディングして、ＪＪライフを謳歌している。

「結婚したいというより、独身のまま生きることへの漠然とした不安が大きい」。若い女子がそう語るのは、身近にモデルが少ないことも理由じゃないか。

楽しそうな先輩のモデルが大勢いれば、あんな風に生きればいいと安心できるし、自分に向いた生き方を選べることは幸せだと思えるだろう。

だから、上の世代は自虐をやめるべきだと思うのだ。「負け犬ですみません」みたいな自虐をすると、若い子も「独身は自虐しなきゃいけない」と思ってしまう。その結果「こいつは見下してもオッケー」と舐められて、マウンティングやイジリの標的になることも多い。

下の世代が「推しで満腹！　男はいらぬ！」と堂々と言える世の中になってほしい。

ＪＪなので同じことを何度も言うが、人には向き不向きがあるのだから。

たとえば、私はていねいな暮らしよりも雑な暮らしが向いている。「ていねいに淹れたお茶をお気に入りのカップで楽しむ」とか「ベランダで育てた摘みたてのハーブを料理に使う」といった言葉を見るとモヤッとする。

ちなみに「〇〇の炊いたん」という言葉もモヤッとする。お芋さんを甘辛く炊いたんとかいちいち言わなくても、芋の甘辛煮でいいじゃねえか。「炊いたん」は京都の高齢者以外は使用禁止にしたらどうか。

炊いたんはさておき、50年暮らすにはがんばらなくていい相手、自分を削らなくてもピッタリ合う「おせんべいの片割れ」みたいな相手じゃないと無理だろう。

私は掃除や片付けが苦手で、ていねいに暮らせないことがコンプレックスだった。子どもの頃からガサツでずぼらで、親にもよく怒られたし、元彼からも苦言を呈された。

以前、テレビにていねいな暮らしをする女性が登場して、完璧に整理整頓された部屋や、規則正しい生活が紹介されていた。

それを見て「すごいなあ」とため息をついていると、「こういうタイプは狙撃されやすい」と夫。「部屋に障害物が少ないし、毎日決まった行動パターンだから、敵に動きを読まれやすい」

その説明を聞いて「狙撃されにくいなら、まあいっか」と思った。こういう他愛のない会話で元気づけてくれる夫に感謝である。

先日も仕事で疲れた時、夫に「王子様になってくれ」とムチャぶりしたら、「耐え難きを耐え、忍び難きを忍び……」「玉音放送、日本の王子様か！」と大笑いした。

もちろん、人と暮らすのはストレスもある。たとえば夫のイビキがうるさいので、私は爆撃音にも耐える米軍使用の耳栓をつけて寝ている。

そんなある夜、夫が突然ガバッと起きたので「どうした、夢精でもしたか？」と聞くと「いや、試合している夢を見た……」と呟いた。その後、苦しくて目を覚ますと、送り襟絞めをかけられていた。タップすると夫も目を覚ましたが、ヘタすると落とされていたかもしれない。

夫婦同衾《どうきん》も命がけである。それでもやっぱり、私には2兆円以上の価値があると思うのだ。

14「その人は阪急電車に乗ってきたの？」

「父親の浮気が発覚して大変だった」という話をよく耳にする。女友達は50代の父親が浮気相手と自転車2人乗りしている場面を、母親と一緒に目撃したそうだ。「ゆずか！」と彼女はキレていたが、ブレーキいっぱい握りしめてゆっくりゆっくり下ったとしても、50代の男女が転倒したら軽傷ではすまないだろう。

うちの夫も幼い頃、父親の浮気相手が家に乗り込んできたという。今でこそあっけらかんと話しているが、幼い夫は心に傷を負ったんじゃないか。だから女に興味が薄くて、性欲も薄いんじゃないか……と思っていたが、夫に「全然関係ない、俺はもともと女子よりも昆虫や恐竜が好きだった」と返された。

夫は子どもの頃から、好きな女の子とかもいなかったらしい。中学時代、周りの男子が「あいつブラジャー透けてるぞ！」と騒いでいる時も「透けてるからなんなんだ」と思っていたそうだ。

そして20代になり「野人発見のムービーを撮ろう」と男友達を誘ったら「そんなことよりナンパ行こうぜ」と言われてショックを受けたという。そんな美人より野人が好きな夫が、もしも浮気をしたら？

「えっ、どうやって？」とまず聞くと思う。あまりにも想像がつかないからだ。交際当時も「まだ早すぎない？」とセックスを渋る夫を「絶対大切にするから」と説得してさせてもらった。

そんな夫に「好みの女がいたので口説いた」と言われるより、「転んだ拍子にうっかり穴に棒が入った」と言われる方が「そういうこともあるかもな」と納得できる気がする。

ラオウがたんすの角に小指をぶつけて泣いていたら「キミそんなキャラちゃうやんか」と混乱するように、私も夫が浮気をしたら混乱して、信じられなくなるだろう。

パートナーを信じられないのは地獄だ。

「異常に嫉妬深くて恋愛がうまくいかない」と悩んでいた女友達がいる。

彼女は幼い頃から父の浮気に苦しむ母を見続けたことで「男は絶対浮気する」と刷り込まれたそうだ。マジメで優しい彼氏と付き合った時も「それでも妄想が止まらない」と悩んでいた。

彼氏と一瞬でも連絡が取れないと「たまたま街で出会った女に口説かれて結婚してくれと迫られて、優しい彼は『わかった、結婚しよう』とつい押し負けて……」と妄想絵巻が広がり、彼から電話がかかってくると「もう別れる！」と号泣したらしい。

そこで彼氏は「わかった、結婚しよう」とプロポーズしてくれたという。「結婚して一緒に住めば、あなたの不安も減るでしょう」と。

その話を聞いて「なんといういたわりと友愛じゃ」と全アルテイシアが涙した。そんな彼女も結婚10年目のＪＪとなり「そんなこともあったねー、妄想ブログでも書けばよかった」と笑っている。

心から信じられる相手と結婚して、父親の浮気の呪いが解けてよかった。そして彼女の苦しみを思うたび「墓場まで持っていけないなら浮気するなよ」と思う。

浮気といえば、先日、ひさびさに会った女友達からこんな話を聞いた。

「Mちゃんっていう美人の同級生がいて、ハイスペ夫と結婚したのよ。数年前、彼女の結婚式に行ったんだけど、そこで大変な事件が起こって……」

花嫁が首無し死体で見つかった？　それを金田一少年が解決した？　じっちゃんの名にかけて？　と思ったが、Mちゃんには首がついていたという。

「夫がずっと二股をかけてたらしく、二股相手が結婚式の会場に乗り込んできたのよ、純白のドレス姿で」

「その人は阪急電車に乗ってきたの？」と聞きそうになったが、実際に映画『阪急電車』の中谷美紀を参考にしたのかもしれない。

中谷美紀はウェディングケーキを爆破したり、会場の真ん中でウンコしたりなどの破壊活動はしていなかった。一方、その二股相手は新郎と撮った写真を新婦に向かってぶちまけたのだとか。

Yahoo!知恵袋で「釣りですか？」と書かれるような出来事が現実にあるんだなあ、と私は思った。

わざわざスマホで撮った画像をプリントして、純白のドレスを購入する。そんな手間ひまを考えたら、私だったら会場でウンコする方を選ぶ。そして怨念のつまったウンコを新郎に投げつける。新婦も夫に騙された被害者なのだから。

でもその二股相手の怨念は「この女さえいなければ」と妻に向かったのだろう。

「こんな浮気男と結婚する方がもっと地獄だ」とは思えなかったのだろう。

結婚式の後、Mちゃんはガリガリに痩せてしまったそうだが、そりゃそうだろう。

夫が二股をかけていただけじゃなく、結婚式で両親や親戚や友人のいる前で、地獄の修羅場をやられたのだから。

「それでも離婚してないの？」と聞くと「うん。今は子どももいるけど、夫はあいかわらず浮気してるらしいよ」と返されて「この世界は地獄だ」とアルミンの顔になった。

後日、その話を別の女友達にすると「うちの美人の同僚も結婚式の前日に夫の二股がばれて、1週間で離婚したのよ」と返ってきた。この世界はYahoo!知恵袋なのか？　友人いわく「その夫はまた別の美人と再婚したんだけど、今も浮気してるらしいよ」。

それを聞いて、自分は毒親育ちのブスでよかったのかもな？　と思った。

私の母も美人でハイスペ婚して離婚して不幸な死に方をした。離婚した当時、父には若い美人の彼女がいたらしい。

美人を好きな男は浮気する。とは限らないが、その手の男の中には「こんな美人をゲットできる俺スゲーだろ！」と自慢したいだけのトロフィーワイフ狙いも多い。

うちの父はそういうタイプだった。彼は自分にしか興味のないナル山シス夫で、自分以外を愛することができないサイコ田パス太郎だった。


浮気する男は「男には狩猟本能が云々」と言うが、だったら狩猟免許を取って狩りに出かけろという話だ。

浮気自慢する武勇伝おじさんに「最近の若者は草食系で情けない、このままだと日本は滅びる」とか言われたら「まずはお前が滅びろ」と返すもよし、「バルス！」と唱えてメガネを尻で踏みつぶすもよし。


私も美人に生まれて幸せな家庭で育ちたかった、と昔は思っていた。でも本当にそうだったら、私は母を「お手本」「正解」にしたかもしれない。若さと美しさを武器にハイスペ婚するのが女の幸せと刷り込まれて、母と同じような人生を歩む羽目になったかもしれない。

私が17歳の時、母は今の私と同じ43歳だった。当時、母から「若い頃、たくさんのお金持ちに求婚された」とモテ自慢を聞かされて「バカじゃねえか」と思っていた。過去の栄光にすがって、夫にあっさり捨てられて、そんな自分が悲しくないのかと。

ちなみに母は某落語家に口説かれたこともあるらしい。やっぱり美人が好きな男は浮（以下略）。「いらっしゃーい!!」と受け入れたかどうかは知らないが、母に求婚したメンバーの中にはマジメで優しくて、一途に愛してくれる男性もいただろう。それでも父と結婚したのは、自分によく似たワガママで自己愛の強い男に惹かれたからかもしれない。

「それは選択ミスだぞ」と言いたいが、その選択ミスの結果、私はこの世に存在する。

みえっぱりでプライドが高くて、他人を見下して悪口を言う母を「いい年して空っぽだな」と冷めた目で見ていた私。でも今になれば、母の気持ちもわかる気がする。母も心の底では「若さと美しさを失った自分は空っぽだ」と気づいていたんじゃないか。そんな自分を肯定するために、他人を否定して攻撃せずにいられなかったんじゃないか。

それに時代も大きかったと思う。当時は「男は外で働き、女は家を守る」というジェンダーロールが今よりも強かった。「男は稼いでナンボ」「浮気は男の甲斐性」という価値観も強かった。父親の多くは家庭に無関心で、ワンオペ育児が当たり前、女性の経済的自立は困難だった。そんな時代に、母のような女性はいっぱいいたのだろう。

もっと遅く生まれていれば、母も違う人生を選べたのかもしれない。と書きつつ、港区妻アカウントとかになってた気もすごくする。


それでもSNSのある時代だったら、キラキラツイートで承認欲求を満たしたり、マウンティングで憂さ晴らししたりして、ガス抜きできたかもしれない。もしくは「お金はなくても豊かに暮らす」とセレブからロハス路線に転向できたかもしれない。スピ系にドハマりしそうな気もするが。

でもその方が酒や自傷にハマり、拒食症でガリガリに痩せて死ぬよりはずっとよかった。なんだかんだいって、私は母に救われてほしかったのだ。母のことは嫌いだったけど、あんなふうに死んでほしくはなかった。

そう思えるのは、10年前に母が死んだからだ。母の肉体がこの世から消えたことで、私は本当の意味で解放された。過去の怒りや恨みも徐々に薄れて成仏していった。仏様になった母は二度と私を傷つけないから、生きている母よりも愛せる。今ではふとした瞬間に、楽しかった記憶や母の良いところも思い出すようになった。

母とよく阪急電車に乗って、西宮北口の駅でうどんを食べた。うどんを食べる母の横顔は美しかった。もし来世があるなら、今度はうどんをいっぱい食べて長生きしてほしいと思う。

15 夫のチンポが入らなくていい

拙著『アルテイシアの夜の女子会』のアマゾンレビューに「あふれるような性欲が加齢によって衰えていくのがよくわかり、その衰えによって生きるのがどんどん楽になっていくのが読んでいて爽快です」とあって「その通り!!」と首をフルスイングした。

若い頃は性欲に振り回される日々だった。「恋！ そのすてきな好奇心がアルテイシアを行動させたッ」とばかりに、男に会うために夜中に家を飛び出したりしたが、あれは恋じゃなく性欲だった。テストステロンの太鼓の音がドンドコ鳴り響くのを「これぞ恋ッ……！」と錯覚していたのだ。

かつての私はタッパに入れておすそ分けしたいほど性欲が余っていたが、今は逆さに吊るしても数滴しか出てこない。セックスに興味もなくなったし、オナニーの回数も激減した。昔は新聞配達みたいに朝夕2回とかしていたが、今では週に1回程度だ。

ちなみに性欲薄夫は月に1~2回しかしないらしく「そもそももう勃たない、オナニーも半勃ちでやってる」と言っていた。半勃ちでも射精は可能、という知見を得た。


オナニーに対する熱量もダダ下がりした。昔はオカズやグッズに凝ったりしたが、今は3分程度でサッと抜く時短オナニー専門である。

以前のコラムに書いたように、ラブグッズの断捨離も行った。使用済みバイブを母校のバザーとかに出すわけにいかないので、プラスチックゴミの日に出した。来世は建築資材等に生まれ変わって活躍してほしい。

性欲の減少によって、男に興味もなくなった。以前は好みのゴリマッチョを見かけると「ウホッ、いい男!」と反応したが、今はレーダーに映らない。おかげで夫以外の男とチョメチョメしたい、といった煩悩を抱えずにすむ。

そんな日々は穏やかで平和である。これは煙草をやめた人の心理に似ていると思う。

吸いたい欲求があると、吸えない状況だとイライラしたり、煙草のことしか考えられなくなったりと振り回される。

一方、そもそも吸いたい欲求がなければ煙草がなくても平気である。吸えないストレスに苦しんだり、健康リスクや周囲への影響を気にする必要もない。

つまり性欲の衰えとは、解放なのだ。その自由と気楽さを実感する私は「いや〜加齢って、本当にいいものですね！」とＪＪになったことを寿いでいる。

元ズベ公は声を大にして言いたい。セックスしなくても平気な人に「セックスしてみなよ」と言うのは、煙草を吸いたくない人に「吸ってみなよ」「吸ったらわかるよ」「この喜びを知らないなんてもったいない」と勧めるようなもので、余計なお世話ofお世話だと。そういうお節介な輩には、タッパに炭疽《たんそ》菌とか詰めておすそ分けするといいだろう。

食の細い人や食に興味のない人がいるのと同様、性欲や性的好奇心の薄い人は普通にいる。

性欲は食欲や睡眠欲と並ぶ本能だと言われるが、食べなくても寝なくても死ぬけどセックスしなくても死なないし、「お前マジで本能なの？」と疑わしい。

実際、一度もセックスせずに生涯を終える人や、大昔にしたけどもう何十年もやってない、という人も大勢いる。

若いお嬢さん方から「恋愛やセックスがなくても幸せ」という声をよく耳にする。友人関係や趣味や仕事が充実していて、日々楽しく生きている彼女たち。私の周りはそういうＪＪも多いが、40を過ぎると周りもとやかく言ってこない。

一方、年齢が若いというだけで「まだ子どもなんだよ」「いい人に出会ってないだけ」「もっと異性に心を開くべき」と説教されて「自分はおかしいのか？」と不安になる女子は多い。

サッカーを観るのが好きな人に「なんで自分はサッカーしないの？」とは聞かないだろう。

でも恋愛ゲームが好きだと話すと「なんで自分は恋愛しないの？」と聞かれたり、推しに夢中だと話すと「現実に彼氏作ったら？」と言われたりする。

この多様性の時代にも「若者は恋愛するのが自然（そうじゃないのは不自然）」と押しつける勢がいて、女子を困らせている。そんな老害仕草を撃退するために、私はマイナビウーマンで「女子を困らせる人」という連載を書いている。さまざまな撃退法を提案しているので、参考にしてもらえると嬉しい。

説教してくる人々は「若い女には何言ってもいい」と舐めているのだ。ＪＪはマリオのクッパ的存在で、ヘタなこと言うと火炎やトンカチが飛んでくるから、怖くて説教できない。このように、加齢は自分を守る武器にもなる。

ズベ公時代の私も「もっと自分を大切にしろ」「安売りするなんて悲しい」と男どもに説教された。いちいちうるせえ。

そんなうるせえ連中がいるから、ムシャクシャしてヤったのだ。20代はテストステロンの分泌盛りで、やたらムシャクシャしていた。ナイフみたいに尖っては、穴にチンポを入れていた。

「お前は今まで入れたチンポの本数を覚えているのか？」と聞かれたら覚えてないが、今まで食ったうまい棒の数より多いと思う。

私にとって、セックスは酒みたいなものだった。その一瞬は酔っ払うし、酩酊を楽しむこともあるけど、それで腹が満たされるわけじゃない。あくまで嗜好品であって、主食にはならない。

29歳の時、夫と出会って心が満たされたことで「酒！　飲まずにはいられないッ」という状態から解放された。

当時の私は「惚れたハレたはもういい、家族がほしい」と望んでいた。夫に対してテストステロンの太鼓はプスッとも鳴らなかったが、それが逆によかった。人間には「股間のセンサー」と「脳のセンサー」があるが、私は股間でグッときた相手とはうまくいかなかった。ときめき補正がかかって、相手の人間性をちゃんと見られなかったからだと思う。

それに恋愛は非日常で、結婚はド日常である。非日常的なときめきや刺激は目減りしていくが、信頼感や安心感は時間を重ねるごとに増えていく。そんな日常を積み重ねていくと、ときめき補正ならぬ愛情補正がかかるようになる。

まあ結局のところ、私と夫は性欲ベースじゃなく友情ベースの関係が合っていたのだろう。

当連載の担当アサシン嬢も「私も性欲の衰え、めちゃくちゃ感じてます！」とメールをくれた。

「夫と交際当時は会えば毎回ヤってたし、一晩で6回やったこともあるけど、今は月1で十分って感じです。正直セックスは面倒くさいけど、夫は違うみたいなんですよ」

「夫は『俺は毎日オナニーするほど性欲があるし、60代になってもセックスすると思う』と言っていて、ぞっとしました。でも夫がしたいなら月1ペースで付き合っていこうと思ってます。性欲の量が合ってる方が楽だけど、うちは違うので歩み寄りが必要かなって」

そう、夫婦は歩み寄りが必要だ。たとえば、夫に「月に1度は外食デートしたい」と言って「面倒くさい」「仕事で疲れてる」と断られたら、傷つくだろう。「私の気持ちは無視?」「私のこと大切じゃないの?」「じゃあ他の人と行くわ!」という展開になりかねない。

メールには続けて「セックスはしたくないけど夫のことは好きだし、周りもセックスはなくなったけど円満な夫婦が多いです。だから友情結婚ってすごくいいなと思います。性欲や恋はいずれ冷めるけど、友情は冷めませんから」とあった。

川崎貴子先輩も「アムールとかジュテームとか言ってるのは最初だけで、夫婦はいかに戦友になれるかだ」と書いていたが、私も「夫婦は恋愛感情がなくなってからが本番」という意見だ。

アムールやジュテームが苦手な日本人は、恋愛を経ずに家族愛を育てる方が向いているのかもしれない。

私の知り合いに、一度もセックスをしたことのない夫婦が3組いる。大っぴらに公言はしないけど、「夫のチンポが入らなくていい」派の夫婦は一定数存在するのだろう。

その3組に共通するのは、結婚して10年以上たつけど夫婦仲がすこぶる良いことだ。セックスはしないけど会話は多いし、毎日ハグをしたり手をつないで眠るなど、ノーセックスだがスキンシップフルだという。一緒に暮らしていると、性別を超えて家族になっていくのだろう。

「性欲はないけどスキンシップ欲はある」「セックスはしたくないけど、寂しい時に誰かに抱きしめてほしい」という女子は多い。

たしかに、家の中に触っても怒らない生き物がいると助かる。そしてそれはペットでも十分事足りる。

私も猫を抱いていると「ヒーリング効果がすごい！」と実感するし、ちょっとした病気ぐらいは治るんじゃないかと思う。亀は硬いし蛇は冷たいので、飼うなら毛の生えた恒温動物がおすすめだ。

ペットを飼えない人は、よもぎ蒸しパットを買うといい。アサシン嬢が「股間が温かければ、たいていの寂しさは乗り越えられます」と推奨していた。

産婦人科医の友人も「股間を温めると骨盤内全体が温まって血流が良くなる」と言っていた。血流が良くなれば、体調も気分も上向きになって寿命が2億歳まで延びるだろう。ただしパイパンの人は会陰地方が火事になる恐れがあるので要注意。

ペットやよもぎ蒸しパットは、浮気やＤＶや借金をする心配もない。女性誌には「いつまでも男と女でいたい」とか載っているが、そういうしゃらくさいことを言う男に限って浮気する。

「女子力が低い」という理由で夫に離婚された女性の記事を読んで、「ゲロ以下のにおいがプンプンするぜーッ」とバチギレていた私。その話を夫にすると「女子力が低いって、引っ越しおばさんみたいな感じか？」と言われた。

夫にとっての女子力とは？

ともあれ、そんな男は布団叩きで１００回鞭打ちの刑に処すといい。そして「これしきで音を上げるとは貴様、男子力が低いな!!」と大音量でディスってやろう。きっとご近所さんも許してくれるはずだ。

　バチギレながら原稿を書いていたら、体がポカポカしてきた。怒りも体温の上昇に効果的。花冷えの季節だし、よもぎ蒸しパットで股をじんわり温めたいと思う。

16 離婚しそうな私が離婚していない理由

先日、広告会社時代の同窓会的な集まりに参加した。元上司や先輩とひさびさに再会したのだが、私のテーブルは私以外全員バツイチで「えっ、アルちゃん離婚してないの？　なんで？」と驚かれた。

それは、私がいかにも離婚しそうな女だったからだ。20代の私は誰と付き合っても長続きせず、「飽きっぽい、我慢できない女」という印象だったと思う。そんな私が離婚していない理由の1つは、夫が私に何も押しつけないからだろう。

少し前に女友達と飲んだ時「さて問題です」と次の出題をされた。

「お父さんと息子が交通事故にあって、お父さんは死亡しました。2人が搬送された病院には世界的権威のある外科医がいたけど、その外科医は『自分は冷静に手術できない、なぜならこの子は自分の子どもだから』と言いました。お父さんは死んでしまったのに、どういうことでしょう？」

皆さんはどう答えるだろうか？　あまり深く考えず、パッと答えてほしい。私は「うーん、生物学上の父親と育ての父親がいるとか？」と答えた。すると友人は「その外科医はお母さんだったから」。

それを聞いて「ジェンダーバイアス……ガハッ」と吐血した。これは世界的権威のある外科医＝男性だろう、と無意識に考えるジェンダーバイアスを問う問題なのだ。

大企業で管理職をするその友人も「私も『同性婚で父親が2人いる？』と答えて、外科医は男性という前提で考えてしまった。自分は会社で性差別と闘ってきたのに……ガハッ」と吐血していた。

その夜、帰宅して夫に出題すると「その医者はお母さんだから」と即答していた。それを聞いて「キミはジェンダーバイアスがないんだなあ」と感心すると、

夫「いや、この問題は『父親が死んでるなら残ってるのは母親』と推測できる。本

当に偏見がないのは『片親は世界的な外科医で片親は看護師』と聞いた時に『どっちが父親でどっちが母親かな？』と考える人だ。だが現実社会は『父親は世界的な外科医で母親は看護師』の夫婦が逆パターンよりも圧倒的に多いから、無意識にそれが普通だと考えてしまう」

アル「キミ100点やないか」

ジェンダーの本など1行も読んだことがないのに、さらっとこんな発言をする夫に「そういうとこやぞ」と思った。だから私はこの人と結婚したんだったなと。

独身時代の私は「飽きっぽい、我慢できない女」という面もあったが、それ以上に「男尊女卑アレルギーの女」だった。

10代をリベラルな女子校で過ごしたこともあり、「女はこうあるべき」と押しつけられることが耐えられなかった。また子どもの頃から差別やいじめが嫌いだったので、性差別を許せないのは当然だと思っていた。だから今でも「自分はフェミニストじゃない」と言う人を見ると「え、性差別をなくそうと思わないの？　なんで？」と不思議に思う。

そんな私は夫と出会う前、カマロくんという彼氏と付き合っていた。彼のことは拙著『恋愛格闘家』で「そこまで好きじゃない男」というタイトルで書いている。当時は「嫌いじゃないけど、そこまで好きじゃない男」という認識だったが、今思えば「全然好きじゃない男」だった。

カマロくんはハイスペリア充の標本のような人物で、外車のオープンカーに乗ってフェスに行くのが好きだった。私はフェスに同行しても「この揺れ方で合っとるんか？」とオロオロしながら「家で漫画読みたい」と思っていた。

そんなに合わない2人だったのに、私は彼と結婚するつもりだった。終わりの見えない恋愛無間地獄から脱出したかったからだ。「どうせろくな男なんていない」と絶望していたから「スペックに転ぼう、これ以上の条件の男はもう出てこないし」と考えた。そんな私を10代の私が見たら、絶望して死にたくなったと思う。

ある日、こじゃれたレストランで食事中にこんな会話になった。
カマロ「うちの母親は姑の介護をして看取って、ほんと偉いと思うよ」
アル「お父さんは介護しなかったの？」
カマロ「えっ、だって親父は仕事してるし」

それを聞いて「どこから説明すればいいのやら」と絶望した。かつて日本の女は結婚すると家政婦・保育士・看護師・介護士・娼婦の5役を担わなければならなかった、それが先人たちの努力により……みたいな話をしても、彼は戸惑うだけだろう。
そんなややこしい話はせず、「立派なお母さんね、尊敬しちゃうわ」と美談として褒める女の方が、彼は幸せになれるだろう。彼といると、私は自分が自分であることがどんどんイヤになった。

カマロくんはバツイチで、前妻の話になった時に「結婚したら嫁が女じゃなくなってさ〜」とボヤいていた。「メイクも服も手抜きになって、やっぱ結婚しても女を捨てほしくないよね」と。

「女じゃなくなる、女を捨てるってどういう意味？」と言いたかったけど、言わなかった。私は無言のまま「それで職場の女と浮気したのがバレて離婚して、クソつまんねえ男だな」と思っていた。同時に「そんな男と条件に転んで結婚しようとしてる私って、クソつまんねえ女だな」とますます自分を嫌いになった。

自分を嫌いになるのは、地獄めぐりの中でも一番キツい地獄だ。もし彼と結婚してもその地獄に耐えられず、離婚していただろう。その前に腸炎でウンコを漏らした時点で離婚されるか、ウンコを投げ合う泥仕合になっていたかもしれない。

20代、人生のどん底にいた私は結婚に逃げたかった。それで彼を利用しようとしたのだから、こちらもクソである。クソな私は溺れる者は糞をもつかむで「これオソマじゃなく味噌じゃね？」と自分を騙して、彼と付き合っていた。今の私なら「嫁が女じゃなくな」と聞いた瞬間「この味は！……ウンコの『味』だぜ……」と別れを選んだだろう。

その後、29歳で夫と出会って物書きになって「私は自分で働いて稼ぎたい人間で、人の金で生きるのは向いてない」と気づいた。たとえ股から石油が湧いて2兆円ゲットしても、仕事は絶対続けるだろう。

43歳の私は夫に稼いでほしいとか、大黒柱になってほしいとか一切思わないし、なんなら夫が無職でもいい。そして、そんな自分を悪くないと思える。要するに、私はこういう生き方や結婚が向いていたのだ。

あちらはどうなのか？　と思ったので、「なぜ我々は離婚してないんだと思う？」と夫に聞くと「お互い自由に生きてるからだろう」と返ってきた。

アル「私もキミにいろいろ押しつけてないってこと？」

夫「ああしろこうしろ言われたら、あんまりうまくいかなかったかもなあ」

押しつけられるのがイヤという点で、我々は似ているらしい。だが、それ以外はだいぶ違う。

彼は世紀末的状況になってもサバイブできるが、私はおそらく3秒で死ぬ。わが家には夫がそろえた防災グッズや武器があるので、天変地異が起きた時は夫に活躍してほしい。

一方、貯金・保険・不動産等については私が担当している。夫に老後の備えについて話したら「いずれ文明は破たんして紙幣は紙くずになるぞ」と言われたので「じゃあ私は破たんしないバージョンを考えるから、キミは破たんしたバージョンを考えてくれ」と返した。夫は「ボーガンを買おうかしら」とわくわくしていた。

老後の備えにボーガンを買う夫はイヤだ、というかイカれてる、と世間は言うかもしれないが、私はそんな夫に萌えるのだ。それに、得意分野が違う方がチームとして強い。

夫婦は割れ鍋に綴じ蓋で補い合えばいいし、それは夫婦だけに限らない。人には得意不得意があって、多様な人々で支え合うのが社会だろう。

家事や育児が得意な男性もいれば、働いて稼ぐのが得意な女性もいる。ボーガンの名手の女性もいるだろう。男・女の2種類にカテゴライズせず、それぞれが得意分野で能力を発揮すればいい。そうすれば、みんなが生きやすい世の中になるはずだ。

以前、テレビに小泉元総理と細川元総理が出ていて「2人とも、おばあさんみたいになってる！」とびっくりしたら「人は年をとると性別がわからなくなっていく」と夫に言われた。たしかにおじいさんみたいなおばあさんもいるし、老後はだんだん性別が曖昧になっていくらしい。

だったらもう、性別なんていらないんじゃないか。女として、男として、妻として、夫として……そんなものはとっぱらって、私は「人として」夫と生きていきたいと思う。

17 だめんず沼から脱出するために、心にジョセフを飼おう

私は苦手なものが多い。煩悩の数よりも多い。なぜそんなに多いかというと、我慢が苦手だからだと思う。苦手を克服するために、我慢してやり続けることができないのだ。

三日坊主ならぬ三日阿闍梨《あじゃり》を自称するほど、勉強も習い事も続かなかった。「がんばれ！　やればできる！」と修造カレンダーみたいなことを言われても「つらい！　無理！」と投げ出してきた。

我慢が苦手な性格にはプラス面もあった。「底つき」が早いことだ。だめんず沼にハマっても「つらい！　無理！」と短期間で浮上できたことが、己を救ったと思う。

我慢強さは美徳とされるが、恋愛ではマイナスに働くことが多い。

モラハラ男と長年付き合った末、深い傷を負った友人が「クソみたいな石に3年も

乗ったらアカン……」と呟いていたが、この言葉を日めくりカレンダーに載せたい。

石の上に3日しかいられないタイプは、傷が浅いうちに逃げられる。一方、我慢や努力が得意なタイプはとことんまで耐えてしまう。ブラック企業で壊れるまで働くのと同じだ。

そんな彼女らは、真面目ながんばりやさんなのだ。

だから、相手のニーズに応えようとがんばってしまう。それが応えるべきじゃないニーズでも「努力はいつか報われる！」と思ってしまう。心に修造を飼っているから。

心に修造のいない私は、目の前に高い山があったら避ける。登るのがダルいからだ。

一方、がんばりやさんは「そこに山があるから登る、高ければ高いほど燃える」精神で、つい乗り越えようとする。それが乗り越えるべきじゃない山（＝だめんず）だったとしても。

そして八甲田山みたいに「これメッチャ死ぬやつやん」という状況でも「ここで撤退するのは負けだ……！」とクソ根性を発揮する。

だめんず沼にハマりがちな女子には、次の言葉を送りたい。

「たったひとつだけ策はある！　とっておきのやつだ！　逃げるんだよォォォーーーーーッ」

ジョセフは短命のジョースター家でダントツの長生きだし、なんだかんだで一番幸せそうだ。幸せに長生きしたければ、心に修造じゃなくジョセフを飼おう。だめんずに口説かれた時も「お前は次にウンコを出す！」とおちょくれば、敵は撤退していくだろう。

「だめんず好き」という言葉があるが、最初からだめんずと思って好きになるわけじゃない。詐欺の被害者も「わー詐欺師、カッコいい♡」と騙されるわけじゃないだろう。最初は相手のことを信じているのだ。

相手を信じて付き合って、結果的に傷つけられる。そのうえ周りから「男を見る目がない」「なんであんな奴に騙されるんだ」と言われて、ますます傷ついて自信を失う女子は多い。

本人が一番「だめんずにハマる自分はダメだ」と自分を責めて苦しんでいる。けれども、だめんずにハマる女子はダメじゃない。そもそも悪い奴は悪い奴に騙されない。騙されるのは、彼女らが正直者のいい子だからだ。

自分が人を騙したりしないから、騙す男の手口がわからない。自分が人を傷つけたりしないから、平気で人を傷つける心理が理解できない。だから理不尽に傷つけられるとびっくりして「自分が悪かったの？」と思ってしまう。

そんな女子たちに伝えたい。悪いのはあなたじゃない。悪い男が、女の長所につけこむのだ。

正直さ・純粋さ・優しさ・人を信じる善の心……そうした長所につけこみ、利用＆搾取するのがだめんずである。なので、女子はすばらしい長所を変える必要なんかない。「女の長所につけこむ男がいる」と学んで、注意すればいい。

変わるべきは人を平気で傷つける外道であり、スティッキーフィンガーで35分割ぐらいにバラバラにしてやりたい。

しかし私にスタンド能力はないので、これまでだめんず撃退法について書いてきた。拙著『オクテ女子のための恋愛基礎講座』も参考にしてほしい。また、友人の作家・ぱぷりこさんの『妖怪男ウォッチ』もおすすめだ。

これは「だめんず大図鑑」のような1冊で、だめんずの生態や特徴を解説している。学研の図鑑シリーズにこっそり混ぜて、全ての女児に読んでほしい。

だめんず界のエースで4番といえばモラハラ男だが、だめんずオールの共通点として、自分しか愛せない、他人を尊重しない、対等な関係を築けない、他人を利用・搾取・支配しようとする……等がある。それでいうと、全てのだめんず道はモラハラ道に通ずるとも言える。

私にウンコを爆弾に変えるスタンド能力があれば、その道に野グソしてハリウッド映画のように爆破したい。

一方、だめんずにハマる女子にはいろんなタイプがいる。一般的によく言われるのは「自己肯定感が低い」説だ。自分には価値がある、大切にされるべき存在だと思えないから、自分を大切にしない男を好きになる。

といった説だが、これはあてはまる人もいれば、あてはまらない人もいる。「家庭環境や友人や仕事にも恵まれて、自己肯定感は低くないと思う。なのにだめんずにハマるのはWHY?」と悩む女子にも会ってきた。

私が見てきた範囲だと、やはり本来は長所である部分がマイナスに働くケースが多い。

我慢強いがんばりやさんはつらくても耐えてしまうし、「努力すれば相手は変わってくれる」と信じてしまう。性善説で人を信じる心を持っているから「相手を疑うなんて悪い」と思ってしまう。

包容力のある面倒見のいい女子は「自分が支えてあげなきゃ」精神から、だめんずの搾取に遭いやすい。懐の広さゆえ、クズな言動をされても許してしまいがちだ。

心根の優しい女子は拒絶するのが苦手である。「拒絶したら相手が傷つくし可哀想」とノーと言えないため、身勝手な要求も受け入れてしまう。怒るのが苦手なので相手に合わせて我慢して、「見捨てたら可哀想」と別れられないことも多い。

明るく前向きな女子は「相手の良いところを見よう」と思うため、だめんずのダメさに気づけない。マイナスな現実もポジティブ転換して、つらみから目を背けてしまいがちだ。よかった探しが得意な愛少女ポリアンナも、大人になったらだめんずにハマるタイプだろう。

恋愛系のコラムでは「自己肯定感」や「心の闇」が人気なので、自分に自信がないのかな？　心に闇があるのかな？　と理由を探す女子は多い。だが、自信満々で闇ゼロの人間の方が少ないだろう。たぶん修造にだって闇はある。

ただでさえ、だめんずと付き合うと自尊心を削られて、欠点に目を向けがちになる。そこで「自分の何がダメなんだろう？」とダメを探すんじゃなく「長所につけこまれているのでは？」と視点を変えてほしい。

逆に世間では欠点や短所と呼ばれる部分が、恋愛ではプラスに働いたりする。

私は股ゆるゆるのビッチだったが、多種多様なキノコを食ってきたため「これは絶対死ぬやつ」「これはしめじに見えるけど、実は猛毒」と見分けられるようになった。一方、身持ちの堅い女子は経験値の低さから、毒キノコをムッシャムシャいってしまいがちだ。

ムッシャムシャいく前に、キノコ狩りのベテランに意見を求めてほしい。ムッシャムッシャいってからでは手遅れになる。毒キノコには幻覚作用や依存性があり、他人の声が聞こえなくなるからだ。

アルコール依存症の人に「酒をやめないと死ぬよ」と意見しても「ほんとだ！　やめよう！」とはならないだろう。依存症はやめたくてもやめられない病気である。最初は酒が好きで飲み始めても、ジョジョに「酒！　飲まずにはいられないッ」と自らの意思でコントロールできなくなっていく。

そこから抜け出すには「底つき」と「気づき」が必要だという。本人が「もうこれ以上最悪な状態はない、本気でやめなきゃ」と気づくこと。やめてしばらくは激しい禁断症状に苦しむが、飲まないことで回復していく、というプロセスを踏むらしい。

だめんずもこれに似ていると思う。「別れた方がいい」と頭ではわかっていても、別れられない。どんなに現実がつらくても「彼がいないと生きていけない」という精神状態になってしまう。

それでも、現実をありのままに見つめてほしい。そのために相手のこれまでの言動を文章に書き出してみよう。それで「もし大切な女友達が同じことをされたら？」と想像したら「許さねぇッ!!」とブチャラティばりに怒りを覚えるだろう。

だめんずにハマる女子は他人のためには怒れるけど、自分のためには怒れない人が多い。そういう人は、自分のために怒る練習をしてほしい。

「てめーの根性はッ！　畑に捨てられカビが生えてハエもたからねーカボチャみてえに腐り切ってやがるぜーーッ!!」と噛まずに言えるようになろう。やはりジョセフは名言が多い。

そして、周りの人はだめんずにハマる女子を怒らないであげてほしい。

私も若い頃、ＤＶ男と付き合う女友達に「なんで別れないの？」「なんであんな男を好きなの？」「あいつと別れないなら友達やめる！」とキレてしまったことがある。

大切な友達を傷つける男への怒りが、傷つけられた本人に向かってしまったのだ。それでさらに傷つける発言をしてしまったことを後悔している。

「友達やめる」なんて脅しを言うべきじゃなかった。今思えば、彼女は「学習性無気力」の状態だったのだろう。日常的に暴言と暴力にさらされて「何やっても無駄だ、自分はここから逃げられない」と動けなくなっていたのだと思う。

その後、彼女はＤＶ男と別れて幸せな結婚をしたが「別れて何年もたつけど、いまだに元彼と同じ車種の車が停まってると体がすくむんだよね」と話していた。

今ならわかる。誰だってだめんずにハマる可能性はある。「１００％悪」という中二の考えたキャラみたいな人間はいなくて、良いところもあるから好きになるのだ。優しくされた記憶や楽しかった思い出もあるから、簡単には嫌いになれないのだ。

みんな愛されたいし、幸せになりたい。好きになった人を信じたいし、好きな人に好きと言われたら幸せだし、この幸せが本物であってほしいと願う。私もそうだった。それが偽物だなんて認めたくなくて、相手に合わせて自分を削ってボロボロになっていった。

そこから生還できたのは、見守ってくれる女友達がいたからだ。自分には帰る場所があると思えたから、沼から脱出することができた。

脱出後、友人たちが失恋温泉ツアーを企画してくれて、伊勢の夫婦岩に向かって「求む、伴侶ーー!!!!!」と絶叫する私のとなりで「ええぞええぞ〜」とガヤを入れてくれた。そんな彼女らと過ごすうちに、削られた自尊心が回復していった。「こんなに思ってくれる友達がいるんだから、私はダメじゃない」と立ち直れたのだ。

そして、だめんず沼で底つきしたから「惚れたハレたはもういい、家族がほしい」「自分を削らずにピッタリ合う、おせんべいの片割れがほしい」と心から思えた。

その経験がなかったら、夫に出会っても「ときめかないし、やりたくないし、全身迷彩服とかありえないし」とスルーしただろう。

現在の私は迷彩柄のせんべいと幸せに暮らしている。でも自分を傷つけた男を許したわけじゃないし、純粋に死ねばいいと思っている。だからといって、道でバッタリ出くわしても殺したりはしない。

その時は「俺がどくのは道にウンコが落ちている時だけだぜ」とジョセフの台詞をキメて、道を譲ろうと思う。

18 毒親の送り方❶「父、死亡」の知らせが入る

先日、実の父が亡くなった。死因は飛び降り自殺だった。

その経験を通して学ぶことや思うことがあったので、コラムに書きたいと思う。「亡くなった親を悪く言うなんて」的な批判も来ると思うが、べつに来てもいいのでゴリゴリ書く。

父はもともとお坊ちゃん育ちで、親の資産を元手に会社を経営していたが、バブル崩壊によって資金繰りが苦しくなった。

就職後、私は父に何度も金をむしり取られた。無理やり借金の保証人にさせられたこともある。

28歳で広告会社を退職した後、経済的に不安定な時も金を無心された。「貸さない

と自殺する」と脅されて、私はなけなしの100万円を渡した。

「俺が死んだらおまえのせいだ」と脅迫する、まさにモラ夫やストーカーの手口である。それがわかっていて金を出したのは、万一にでも父に自殺されたくなかったからだ。父は私が死のうがどうでもよかったのに。


「VERY妻になりたかった母の死」に書いたが、阪神・淡路大震災の数日後、瓦礫だらけの三宮の街でバッタリ父に会った。若い彼女を連れていた父は「なんやおまえ、生きとったんか」と言った。それをキッカケに、18歳の私はあばずれ番外地を爆走することになる。それまで1人しかセックス経験がなかったが、地震後は何十人もの男とやりまくった。

その10年後、28歳の時に100万円を渡した時に「もう二度と私に関わらないでほしい」と父に告げて、携帯番号もメールアドレスも変えた。

その1年後、夫と出会って結婚した。もちろん父には知らせなかったが、夫と三宮を歩いていた時にバッタリ父に会った。神戸の街は狭い。街歩きしやすいのでぜひ観光に来てください。

その時の父のくたびれた服装を見て「商売がうまくいってないんだな」と思った。

その3年後、33歳の時に母が自宅で遺体となって発見された。この時、迷ったが一応父に連絡を入れた。母の死を伝えた時の父の第一声は「俺は葬式に行かないからな！」だった。続けて「じいさんの遺産相続の権利はおまえたちにあるから、いくらあるか調べろよ」と言った。

それを聞きながら「子どもって切ない生き物だな」と思った。一言ぐらい母の死を悼む言葉を聞けるかもと、私はまだ父に期待していたのだ。

私は「もう二度と連絡しません」と電話を切った。それが父との最後の会話になった。

それから月日は流れて、現在の私は四十路のＪＪとして元気いっぱいに生きている。

そんなある日の午前中、スマホに知らない番号から電話がかかってきた。

電話の主のＫさん（40代男性）は、父の昔の部下だった。後から聞いた話によると、父は小さなアパートで1人暮らししていて、入居の際にKさんが保証人（緊急連絡先）になっていたらしい。

Kさんから「お伝えしづらいんですが……」と聞いた瞬間、私は「父が自殺したかな」とピンときた。

中二っぽいのであまり人に話さないようにしているが、私はたまに勘が冴えるのだ。黒猫を拾う夢を見た数日後に黒猫を拾ったり、それ系の正夢を見ることがたまにあったが、スピに無関心なので「そういうこともあるわいな」ぐらいに思っていた。

1週間前から、私は同じ記憶が何度もフラッシュバックしていた。それは高校時代、母のアル中や自傷に耐えかねて、父に電話して「もう死にたい」と訴えたら「勝手に死ね！　自殺しろ！」と怒鳴られたという、最悪の記憶だった。

ずっと思い出してなかったのに、なんで今頃フラッシュバック？　と謎だったが、それは虫の知らせだったのだろう。でも虫サイドからそんな知らせ方をされても「父に連絡しよかいな」みたいな気にはならない。

それに予想しようとしてできるわけじゃないし、特に役に立たない能力である。それより股間から空気弾を発射する能力がほしかった。

……みたいなことを考えながら、私はKさんの話を聞いていた。

Kさんいわく、警察から電話があって「父が家の近くの団地の中庭で倒れているのを発見された。その後、病院に搬送されて死亡が確認されたが、詳しい死因はまだわからない。親族と連絡をとりたいので、この番号にかけてほしい」と言われたそうだ。

電話口のKさんが涙声だったので「それ飛び降り自殺だと思う！」とか言えないし、私は神妙にしなければと思っていた。そしてKさんにお礼を言って電話を切った後、自分の心を見つめて「やっぱり私、ホッとしてるわ」と気づいた。

父は69歳だった。このまま年をとって病気・介護・認知症……とかなったら面倒くせえな。無視したいけど、私の性格的に完無視はできなくて、金銭援助したりするんだろうな。また父のために金を出すのか、私が必死に稼いだ金を。

そんな思いが、いつも心のどこかにあった。親が生きている限り、時限爆弾を抱えている気分でいるのが毒親育ちあるあるだ。

などと考察している場合じゃない。これからやらなきゃいけないことが山ほどある。

私はハア〜〜〜ッと深いため息をついた後に「よっこいしょういち」とＪＪらしく立ち上がって、教えられた刑事さんの携帯に電話をかけた。

「現場の状況から見て、飛び降り自殺だと判断しています」

刑事さんにそう言われて「ああ、やっぱり」と思った。遺体は損傷が少なかったが、団地の屋上で靴跡がみつかって、父の掌に手すりの粉が付いていたそうだ。

続けて「捜査のために自宅アパートを調べたいので、娘さんに立ち合いをお願いしたい」と言われた。これは母の時の経験から予想していたが、私は父の住んでいた部屋を見たくなかった。一生記憶に焼き付くとわかっていたから。

なので「父とは絶縁状態で、最近の暮らしぶりはわからないんです、立ち合いは無しでお願いできないでしょうか」と頼んでみた。

刑事「では我々の判断で部屋の中を調べさせてもらっていいですか？」
アル「どこでも自由に調べてください、どーぞどーぞ！」

ダチョウ倶楽部のような返しに刑事さんは笑っていたが、これで父の部屋を見ずにすんだ。後から聞いた話によると、部屋はゴミ屋敷状態だったらしく、やっぱり行かなくてよかった。

それから「また連絡するので、夕方頃、警察署に遺体の確認に来てほしい」と言われて電話を切った。さて、次は夫に連絡しなければ。

我が夫は非常時に強い。仕事中、いきなり妻から父が飛び降り自殺したと聞かされても「警察署の場所的に車で行った方が早いな、社用車を借りて帰る」ときわめて冷静だった。

アル「あと私は怖くて無理だから、遺体の確認はよろしく」
夫「別にいいけど、なんで怖いねん？」

アル「なんで怖ないねん？？？」

この夫は私の母が死んだ時も、現場の立ち合いや死体の確認を平然とこなしていた。タフな夫でありがたいが、なんで怖くないのか不思議で「ゾンビ映画とか好きだから？」と聞いたら「死体はゾンビにならないし」と返された。

たしかに猛スピードで走ってきて脳みそを食うゾンビの方が怖いよな。と納得しながら電話を切って、さて、次は東京に住む弟に連絡しなければ。

気が重い。

我々は双子だが見た目も性格も全然違って、弟はメンが極細なのだ。

子どもの頃、私が食事中に『バタリアン』を観ていたら、弟は静かに吐きそうになっていた。昔から無口で物静かな性格で、「植物のように暮らしたい」と吉良吉影みたいなことを言っている。

大人になってから聞いたのだが、弟は父から暴力をふるわれていたらしい。かつ奨学金を使いこまれたりもして、「二度と会いたくない」と東京の大学に進学してからは父と絶縁していた。
そんな弟の反応が読めない。ショックを受けるのか、案外平気なのか、どっちだろう？　なんにせよ父が自殺したことを伝えないわけにいかない。葬儀のこともあるし、すぐに神戸に帰ってきてもらわなくては。
よっこいしょういち、と私は弟の携帯に電話をかけた。

「…………」

弟の反応は三点リーダーだった。

アル「えーと、ショックを受けてる？」
弟「……うん……そうだね……」
アル「そりゃまあショックだよね」
弟「……今は……頭が真っ白で……」
アル「気持ちはわかるけど、今すぐ神戸に帰ってきてほしい、やることや決めることがいっぱいあるから。私は今から警察に遺体の確認に行くけど、その間にも葬儀の手配とか親戚への連絡とかしなきゃいけないし」

と姉ちゃんが話している間も、弟くんは三点リーダーである。相変わらずおぼろ豆腐のようなメンタルやな、私の方が大変やねんけどな、と思いながら「何時頃に着くか連絡ちょうだい」と伝えて電話を切った。

さて、次はKさんに連絡しなければ。

「…………」

Kさんは三点リーダーからの嗚咽だった。「なんで……どうして……それだけはないと信じてたのに……」という悲痛な声を聞いていたら、初めて涙が出た。JJはもらい泣きしやすいのである。

「僕も警察署に行っていいですか？　僕はまだ社長が自殺したとは信じられないです。この目で確かめたいし、お別れを言いたい」という言葉を聞いて、この世で父の死を一番悲しんでいるのはKさんだな、と思った。

父さんよ、こんなに悲しんでくれる人がいたんだねえ。やっぱり私はそこまで悲しくないわ。というか、さくっと死んでくれたことにホッとしてるわ。

このように思う私をひどい娘と非難する人もいるだろう。でも、もらってないものは返せない。

Kさんは父に何をもらったんだろう？

電話を切った後、私は「コープさんに電話しよ」とスマホのアドレス帳を開いた。食材の宅配を頼むのではなく、葬式の手配を頼むのである。

というのも去年、義母に終活ブームがやってきて「コープのお葬式クレリ」に会員登録していたのだ。

義母殿、グッジョブである。特典の葬式まんじゅうをもらったから言うわけじゃないが、結果的にクレリに頼んで大正解だった。お手頃価格・親切丁寧なサービスでコスパ最高、☆5つをあげたい。

という話をＪＪ会でしたら「私も親が死んだらそこにする！　担当者、紹介して」と皆が食いついていた。美容院のように葬儀屋を紹介する、思えば遠くへ来たものよ。

母が死んだ時に知ったのだが、神戸市では死体が発見されると（つまり病院で死んでない場合）、すべて大学病院内にある監察医務室で死体解剖されるそうだ。そこで死体検案料（１５０００円）と死体検案書発行料（５０００円）をキャッシュで払わなくてはならない。「高いので結構です」と断ることは多分できない。

人が死ぬと金がかかる。なので葬式は超シンプルプランでいこうと決めていた。

父の遺体は警察署から監察医務室に運ばれて解剖されて、そこへ葬儀屋さんが来てくれて、クレリの斎場に運んでくれる。その時に、葬儀の詳細について打ち合わせするという流れだ。

クレリに電話した後、しばらくして刑事さんから電話がきた。

「今、お父さんのアパートに来てます。部屋に何通かの遺書が残されてました」

残念ですがKさん、自殺確定です。

「遺書か……エモいこと書いてたらイヤやな」と重い気分になりつつ「3年は影武者を立てろと書いてますか？」とボケようかと思ったが、不適切なのでやめておいた。私も多少は空気を読める大人になった。遺書は封筒に入っており、目の前で開封して確認させてほしいとのことだった。

「警察署の刑事課に来てください。その時に遺品や書類もお渡しします」と言われたので、紙袋と小さめのダンボール箱を用意した。警察にお呼ばれファッションの正解がわからないので、服装は白シャツ&黒スーツにした。

その後、帰宅した夫と車で警察署へ向かった。夫もたまたま白シャツ&黒スーツだったため、紙袋とダンボール箱を持つ我々は東京地検特捜部のようだった。しかし今はどちらかというと調べられる側である。

我が家は車を所有していないので、この時初めて夫の車の助手席に座った。用件は飛び降り自殺した父の遺体の確認だが、ほんのりデート気分も味わった。

40分ほどのドライブの後に警察署に到着、そこで予想外の事件が起こる。

――次回「毒親の送り方②警察署でまさかの出会い」、お楽しみに！

19　毒親の送り方❷　警察署でまさかの出会い

警察署に到着後、エントランスの長椅子に座って、刑事さんが来るのを待った。

外は冷たい雨が降っている。窓をつたう雨粒を眺めながら、私はぽつりと呟いた。

「なぜ父は自殺したのかな……」

夫「1985年に政府がプラザ合意に同意したせいだろう」

アル「はっ？」

夫「それで日本は円高になってバブル景気が起こり、やがて崩壊した。お父さんはその煽りを食らったんだろう」

そうか、父が自殺したのはプラザ合意のせいか……ほんまかいな。と思っているところへ、2人の刑事さんがやってきた。

!?

思わず『金田一少年の事件簿』のアレが飛び出した。事件である。なんとそのデカ2人組が、どちゃくそにイケメンだったのだ。

「そこ!?」と言われるだろうが、平田満みたいなおじさんが出てくると思ったらイケメンが出てきたら、それは事件だ。

先輩デカは長身でキリッとした目つきの韓流系、後輩デカは小顔でくりっと大きな目のジャニーズ系。拙者は夢豚でござるので、乙女ゲーの世界にワープした？ と汗ばんだ。しかし今はヒロイン気分を味わってる場合じゃない。一瞬忘れそうになったが、父が飛び降り自殺したのである。

その後、韓流デカが状況説明&事情聴取をする間、ジャニーズデカは証拠品の写真を撮っていた。「ここの署は顔採用か？」とついじろじろ見てしまう。

事情聴取は個室ではなくエントランスの机で行われた。「父とはいつから会ってないか？」「最後に連絡をとったのはいつか？」等の質問に、私は淡々と答えた。我々は被疑者じゃないので、デカたちは親切丁寧に接してくれる。だが韓流デカの眼光が鋭くて、うっかり何かを自供しそうになる。

警察的には「これこれこういう理由で自殺に至ったらしい」と調書を作りたいのだろうが、私は最近の父のことを知らない。「プラザ合意のせいだと思う」と供述したら、頭がおかしいと思われる。

誰よりも私自身が知りたかった。父はなぜ自殺したのだろう？

しばらくして、Kさんが警察署にやってきた。Kさんが金髪碧眼のプリンスだったら完全に次元を超えているが、真面目で優しそうな、ごく普通の中年男性だった。

Kさんも揃ったところで、韓流デカが父の所持品と遺書を机に置いた。遺書は私宛、弟宛、Kさん宛の3通だった。

どうかエモいこと書いてませんように……と祈るような気持ちで、韓流デカが封筒を開けるのを見ていた。

「アル子へ。

すぐに相続放棄の手続きをしてください。

骨は海に撒いてください」


全然エモくなかった。


感謝や謝罪の言葉はなく、指令のみというのが父らしいと思ったが、さすがに涙が出た。遺書には身覚えのある字が並んでいた。それは子どもの頃に見せられた、結婚前に父が母に送ったラブレターと同じ字だった。

また父が死んだ時に身につけていた所持品、使い古した財布や携帯やキーホルダーを見て、胸が痛んだ。

喪失感はゼロだった。ただ「可哀想だな」と思った。

父にも少年時代や青年時代があって、まさかこんな死に方をするとは思っていなかっただろう。古いアルバムには父が赤ん坊の私と弟を抱いている写真がある。その時はこんな別れ方になるなんて想像もしなかっただろう。

1人の人間として父のことが可哀想で、悲しかった。同時に「死ぬほどの苦しみから解放されてよかったのかも」と思った。私は子どもの頃から、自殺は一種の救いだと思っている。

「ご遺体の確認をお願いできますか？」

韓流デカにそう言われて「私は無理なんで、夫に確認してもらいたいんですが」と返すと、ジャニーズデカが「あの、こういう亡くなり方ですけど、ご遺体は損傷が少なくてキレイですよ」と教えてくれた。

目がくりっとして可愛い。でも私は武骨系が好みだから、攻略するなら韓流やな。

ヒロイン目線になりながら「やっぱり死体が怖いんで」と夫に任せた。夫とKさんが別室に行っている間、私は心の中で自分に言い聞かせていた。

「敵は己の罪悪感」

私が父と絶縁しなければ、交流を復活させていれば、父は自殺せずにすんだんじゃないか。私は冷たすぎたんじゃないか。そんな罪悪感が浮かぶのは、私に良心がある、サイコ田パス子じゃない証拠である。パス子じゃないのでつい自分を責めそうになるが、それをやると毒親育ちは生きていけない。

私はここまで必死に生き延びてきた。父は69歳の大人であって、彼の人生の責任は彼にある。子どもは親の人生に責任をもつ必要はない。

そう自分に言い聞かせたが、父に優しくされた記憶もあるから、やっぱり胸が痛んだ。

しばらくして、遺体の確認をすませた2人が戻ってきた。Kさんは肩を震わせて泣いていた。デカたちはKさんに話を聞きたいと言って、その場を離れた。

2人きりになった時、夫の口から予想外の言葉が飛び出した。

夫「お父さんの遺体の近くに……巨大な亀がいた」

!?

私が金田一少年なら「自殺に見せかけた亀を使った殺人トリック」を推理するところだが、どうやらその亀は警察署に保護されていた亀らしい。

「誰かが亀を拾って警察に届けたのかな。首を引っ込めていてわからなかったけど、あれはカミツキガメかミドリガメか……」と思案する夫の横顔を見ながら「この人と結婚してよかった」と思った。私はこういう時に、真剣に亀の話をする夫に救われるのだ。

父が自殺した日の夕方に、まさかのイケメンと亀との出会い。人生とは珍奇である。

その後、席を外していた3人が戻ってきて、Kさんが最近の父について話してくれた。

K「来週、社長とごはんに行く約束をしてたんです」

3年前、父はついに会社を閉めて、派遣でマンションの管理人の仕事をしていたらしい。月12万ほどの収入でギリギリの生活だったという。

「社長に少しでも元気になってほしくて、月に1回、食事に誘ってました。でも社長は会うたび『商売ができないのがつらい』『もう一度商売をやりたい』と言ってました」

「社長自身が周りの人間を遠ざけるようになって、僕が電話しても出ないこともありました。『Kくんも俺を情けないと思ってるんだろう』と言われたこともあります」

昔、父がよく話していた。同じ業界の社長仲間が会社を閉めて、駅前で警備員として働く姿を何度か見かけた。俺はあんな情けないことは死んでもしたくない、と。やっぱり父と母は似た者同士だ。見栄っ張りで、他人を見下して、過去の栄光にすがって、死んでしまった。

同時に「まあ、よくある話だな」と思った。人は格差に苦しむ。みんなが貧しい時は貧しくても耐えられるけど、周りと比べて自分だけが貧しいのは耐えられない。

父は周りと比べて、落ちぶれた自分をミジメに感じていたのだろう。過去のイケドンで羽振りがよかった自分と今の自分を比べて、情けなくて耐えられなかったのだろう。

父の転落はバブル崩壊がキッカケなので、「自殺の原因はプラザ合意説」はある意味正しい。

Kさんは独立して会社を経営していて、順調そうな様子だった。

「僕は20代でこの業界に入って、社長に育ててもらったんです。社長は厳しくて怖かったけど、面倒見のいい優しい人でした。いつも部下のことを親身に考えて、社長がいなければ今の僕はないです」

そうか、父には私の知らないそんな顔が……なんてことは、鼻くそ程度も思わない。父親役をやりたきゃ家でやれよ、娘から金を奪ってカッコつけてんじゃねえよ、猿山の大将になりたかっただけだろうが。と思ったが、この場では不適切なので発言は控えた。

仕事が一番大切で、家のことはほったらかし。昭和の父親あるあるだ。

「仕事＞＞＞＞＞＞＞＞＞＞＞家族」だったから、自殺するはめになったのだ。もしこれが逆だったら、死なずにすんだだろう。

仕事よりも家族を大切にしていれば、バブルが崩壊しても親子関係は壊れなかった。私も父から愛情をかけて育てられていれば、絶縁することもなかった。Kさんと違って、私はもらってないから返せない。

Kさん宛の遺書には、アパートの処分など事後処理の依頼が書かれていた。「社長は僕のために最後の仕事を残してくれたんですね……」という言葉に「茶番茶番」と思ったが、発言は控えた。


JJ会でこの話をしたら「わかる！　うちの父の葬儀でも、部下の男性たちが『あんなに優しい人はいなかった』と号泣してたけど、家ではモラハラクソ親父だったから、家族はみんな冷めてたわ」との声が寄せられた。

「よっ、ホモソーシャル！」と言いたい気分もあったが、いろいろと尽力してくれたKさんには感謝の気持ちでいっぱいだった。「毎年お中元とお歳暮を贈ろう、デリカテッセンのハムとか」と神戸のJJらしく思いながら、イケメンと亀のいる警察署を後にした。

帰宅。心身ともにくたくたで眠りたかったが、そうはいかない。私は「よっこいしょういち」と立ち上がり、コープのお葬式クレリの担当者に電話をかけた。

「承知しました、葬儀は明後日ですね。お通夜はなしで、告別式のみ。喪主は弟さんで、お香典もお花も辞退されるとのことで了解です」とクレリさんは優秀で、話はさくさくと進んだ。

「では明日の朝10時に大学病院で待ち合わせましょう。その後、ご遺体をクレリの斎場にお運びして、葬儀の詳細を打ち合わせましょう。もしお父様にお着せしたい衣装や、お棺に入れたいものがあったらご持参ください」

「ではマツケンサンバの衣装で、棺桶にはサツマイモとバターを入れます」みたいな演出は考えず、基本のシンプルプランでいくつもりだった。それでも数十万の費用はかかるが、しかたない。

グーグル先生によると、親族は遺体の確認や引き取りを拒否できるらしい。

引き取り手のない遺体は、管轄する市町村が火葬する。火葬後、引き取りを拒否された遺骨は、保管期間が終わると担当の寺で合葬される（ただし火葬や合葬にかかった費用は遺族に請求される場合もある）とのことだった。

拒否するのも全然アリだろう。自分を傷つけた毒親と二度と関わりたくないのは自然なことだし、それを責める方がおかしい。

私がそうしなかったのは、父のためじゃなくKさんのためである。葬儀もろもろ、私がやらなければKさんがやるだろう。そんなふうに丸投げしたら後味が悪い。今後モヤモヤが残るぐらいなら、今やっちゃった方がスッキリする。

つまり私は自分自身のために、最低限の送り方をしようと決めたのだ。

それに父はもう死んでるし、もう二度と私に迷惑はかけないし。

そう思いながら、ストゼロをぐいっと飲んだ。ドーピングしなきゃやってらんねえ。親戚のおじさんに電話をかけなきゃなんねえ。クソ面倒くせえ。

父は親戚づきあいも一切絶っていた。私も親戚づきあいはほぼないが、1つ下の従妹とは仲良しで、その親である伯父（父の兄）には連絡しないわけにいかない。

クソ面倒くせえ（リピート）。

親戚＝いらんこと言う族と相場は決まっているが、長男である伯父はいらんこと言う族の族長である。よっこいしょういち！　ラッセーラー!!　と気合いを入れて、私は伯父に電話をかけた。

弟の自殺を聞いた伯父の第一声は「あいつはそんなに弱い男やったんか」だった。

「その言葉は自殺者に対する冒瀆ですよ。それに父が自殺したのは、自分の弱さを認められなかったからじゃないでしょうか。『弱い男はダメだ』『男は強くあるべき』というジェンダーの抑圧から、他人に助けを求められず、追いつめられる男性は多いと思います」と返したかったが、面倒くさいので「はあ」と返した。

その後は「お前もずっと会ってなかったんか」「連絡もとってなかったんか」と質

問攻めからの「あいつがそんな弱い男やったとは……とにかく葬式には行くから」の一言に「だが断る」とヘブンズ・ドアーをキメたかったが我慢した。
斎場でいらんこと言われたら「棺桶なら選び放題だぜ」とカッコいい台詞と共にぶん殴ってしまうかも、と思いながら電話を切った。

族長にHPを削られて「オラに元気の出る言葉をかけてくれ」と夫に言うと、般若心経を唱えてくれた。お経をBGMにストゼロを飲み干した後、私は呪詛を吐き出した。

アル「あいつなんであんなデリカシーないの？ なんで気づかいのカケラもないの？ 親を好きでも嫌いでも、親が自殺したらショックでしょ。連絡入れたらよかったかなとか罪悪感も抱くでしょ」
夫「そうだなあ」
アル「でも父が死んだのは誰のせいでもない……プラザ合意のせいよね」
夫「そうだ、お父さんはアメリカに殺されたようなもんだ」

夫はいつも真剣だが、いつも私を笑わせてくれる。「笑ってる場合じゃないぞ。政治は自分たちに無関係だと思っていたらエラい目に遭う」という言葉を聞きながら、私はスマホのＬＩＮＥを開いた。

「もう新幹線に乗った？　何時に神戸に着くか連絡して」という問いかけに、弟は未読スルーをキメている。

この時、また別の問題が起こっていたのである。

――次回「毒親の送り方③土壇場でまさかの喪主交替」お楽しみに！

20 毒親の送り方③ 土壇場でまさかの喪主交替

夜中になっても弟とは連絡がつかなかった。何度電話をかけても出ないし、LINEは未読スルーのまま。ツイッターやフェイスブックのメッセージも未読。あとは鳩か矢文を放つしか通信手段がない。
父が自殺した夜に、弟がまさかの音信不通。姉はもう気力体力の限界で、よっこいしょういちと立ち上がる元気もない。

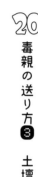

アル「あいつ、自殺とかしてないかな……？」
夫「うーん、あの弟くんならありうるな」
アル「葬式ふたつ出さなあかんやないかーい！　ルネッサーンス！！」

懐かしのルネッサンスが飛び出した。弟は中2から高3まで父と2人暮らしをしていた。「祖母からの養育費狙いで父は自分を引き取った」と話していたが、父にネグレクトされて、暴力も振るわれていたらしい。大学進学で上京後も奨学金を使いこまれたり、借金の保証人にされたりして、彼は父親を憎んでいた。

憎悪の対象を失って心にポッカリ穴が空く説もあるが、そんなエモい性格ではない気がする。彼は母の葬式でも「ずっと会ってなかったから、正直他人みたいな感じなんだよね」と淡々としていた。

とはいえ、他人の心はわからない。太メンＪＪの私ですら父の自殺はショックなのだから、彼には衝撃が大きすぎたのか？

そんなことを思いながら、朝まで一睡もできなかった。なぜ既読がつかないのか、弟は今何をしているのか？　考えても答えは出ないし、疲労と心労のピークで頭が働かない。ただでさえＨＰがマイナスなのに、さらにゴリゴリ削られるなんて……

「あァァァんまりだァァァァ　ＡＨＹＹＹ　ＡＨＹＹＹ　ＡＨＹ　ＷＨＯＯＯＯＯＯＯＨＨＨＨＨＨＨＨＨＨ!!」

私は夫の胸にしがみつき、エシディシのごとく泣いた。3分間ほど泣いたら「フー、スッとしたぜ」とスッキリした。やはりギャン泣きは効く。

アル「母は変死して父は自殺して弟も自殺しそうで、私、200歳まで生きてしまうのでは？」

夫「そういうことはあるかもな。短命のジョースター家でジョセフだけは長生きだし」

アル「こうなったらジョセフを目指すわ！」

夫「そうだ、その意気だ」

弟の住む地域の警察に連絡して、アパートのドアをぶち破って安否確認してもらおう。そう決意しながら、ふと思いついて次のLINEを送ってみた。「ケッ、夜回り先生かよ」と毒づきながら。

『弟くんへ。誰もキミを責めないよ。何を言っても何をやっても責めないよ。だからどうか今の気持ちを教えてほしい。本当に心配しているから』

!?

既読がついた！　生きとったんかいワレー!!

『今は気力がありません。そっとしておいてください』

弟の返事を読んでスィーーーと息を吸い込み、シャウトした。「そっとしといてもらえる奴はええよなあ！！！」

奴は面倒なことを全部丸投げして、逃げたのだ。まあ、それは許す。

私は話のわかる姉である。葬式に出たくないなら、出なくていい。金を出したくないなら、出さなくていい。ただ、電話やＬＩＮＥを無視したことが許せない。

この状況でどれだけ私が困るか、どれだけ不安になるか、考えなかったのか？　音信不通のまま自然消滅を狙う元彼みたいな所業を、よくも私にできたものだな？

　とバチギレつつも、この時点では「父の自殺でショックを受けたんだろう、大丈夫かいな」という心配の方が大きかった。我ながら甘すぎるが、それは幼い頃から「自分が弟を守らなきゃ」と思って生きてきたからである。

　だが、このしばらく後に「ゆるさねえッ！　あんたは今、再びッ！　オレの心を『裏切った』ッ！」案件が発生して、今は弟とも縁を切ろうかと考え中。

　それはまた今度書くとして、母は変死して父は自殺して弟は生きているがポンコツだ。そう思ったら、体の内からめらめらと力が湧いてきた。

「俺は元気いっぱいに生きてやる！！！」

　そして、元気いっぱいに出かける支度をした。自殺した父の遺体を引き取りに病院にお呼ばれファッションの正解がわからないので、ZARAのトロピカル柄パジャマ風セットアップという、変態芸術家スタイルで出発した。

　大学病院に到着後、待ち合わせていたクレリの担当者にへーイ！　と駆け寄り「喪

主交替でよろしく♪」とゴキゲンに伝えた。という話を夫にしたら、

夫「キミが殺したと思われるぞ」

アル「大丈夫や、アリバイがある」

クレリさんはヴァンパイア風のイケメンとかではなく、しんみりしたフツメンだった。「いざという時に頼りにならない兄弟なら、いない方がマシですね♪」とにこやかに話しながら、監察医務室のある棟に向かう。

母の遺体の引き取りの時にも来たが、ここは『アンナチュラル』のＵＤＩラボとは違って、陰気で古臭い建物だ。部屋に入ると中年の男性医師が一言の説明もなく、死体検案書を差し出した。

アル「ほうほう、死因は胸腔内臓器損傷ですか」

医師「ハイ」

アル「落下した瞬間に胸を強く打ったんですね？」

医師「ハイ」

ハイしか言わないし、目も合わせない。「人間より死体が好きなタイプかな？　デュフッ♪」と思いながら、死体検案料（15000円）＋死体検案書発行料（5000円）をお支払いした。グーグル先生によると、死体検案料は地域によって異なり、5万～10万ほどかかる場合もあるらしい。

その後「ヘーイ、お待たせ♪」とクレリさんと合流して、車で斎場へ向かった。そこで明日の葬儀の打合せをするのである。

移動の車中、隣りに白い布に包まれた父の遺体があったが、マリオのスター状態の私は「ひさしぶり♪　元気？」と陽気だった。要するに寝不足でハイだったのである。

その後、車の窓から神戸の街を眺めていたら、だんだん情緒が落ち着いてきた。そして「つらいなあ」としみじみ思った。

毒親は毒一辺倒じゃなく、たまに優しい時もあるからつらいのだ。子どもの頃、父と映画館や動物園に行ったり、喫茶店でホットケーキを食べた記憶が浮かんで、息が苦しくなってきた。
その時の私を救ったのが、ニコ・ニコルソンさんの『わたしのお婆ちゃん』である。これは認知症の祖母を介護した時の様子を描いたエッセイ漫画で、ニコさんは「婆ルは母子家庭で働きに出ていた母に代わり、私を育ててくれた」と書いている。大好きなお婆ちゃんが施設に入ることが決まった時、ニコさんは「ごめんよ、婆。あんなに可愛がってもらったのに。勝手な孫だよ、ごめんよ」と自分を責める。

「大好きな家族だから大丈夫なんじゃなくて、大好きだからこそつらい」

その言葉を思い出して「父を好きじゃなくてよかったな」と思った。父が自殺してつらいけど、そこまではつらくない。むしろホッとしている部分が大きい。6年前に独身時代から飼っていた猫が死んでしまった時は、この5億倍はつらかった。
愛をもらったがゆえの苦しみもあれば、もらわなかったがゆえの気楽さもあるなあ。そう思いながら、懐かしい街並みを眺めていた。

30分ほどして、斎場に到着。優秀なクレリさんのお陰で、打合せはさくさく進んだ。「喪主のご挨拶は?」「ナシで!」「故人の思い出やお手紙の朗読は?」「ナシで!」とがんがん削っていき、「尺、余りますかね?」と聞くと「大丈夫です、進行の者がうまくやりますから」と頼もしい言葉。

突然の喪主交替についても何も聞かれなかった。葬式や結婚式は家族のゴタゴタがつきもので、よくある話なのだろう。

しかし、いらんこと言う族の族長である伯父は「なんで弟は来ないんだ」「親の葬式に出ないなんて」「お前が甘すぎるんじゃないか」とか言うてくるだろう。

「ブッ壊すほど……シュートッ!」と棺桶にぶちこみたいが、クレリさんに迷惑をかけると悪い。なので「さあ?」「知らね」「そうか?」と最凶のさしすせそで乗り切ろうと決めた。

30分ほどで打合せは終了。通夜はナシ、無宗教・家族葬のシンプルプランで、見積もりは約62万円だった（火葬場で別途、火葬代の12000円を払う）。

　こうしてコラムのネタにしているし、確定申告で一部を経費として落とせないものか。62万円といえばストゼロが6000本買える大金だが、それでも安い方らしい。

　義母は「うちの父親の時は自宅でやって200万かかったわ。お坊さんを呼ぶのが高いのよ。葬式の後もお坊さんが月命日のたびにお経あげにきて、3回忌も7回忌も5万払って、結局13回忌までやって、ほんま坊主丸儲け」と坊主をディスっていた。もっと安い葬式もあるだろうが、私はクレリのサービスに大満足だったのでリピ確定である。

　打合せの後、帰宅。明日の予定を伝えるために、族長とKさんに電話をかけた。

　族長からは「他の親戚には病死と伝えておく。お前も父親が自殺したことは隠しておきたいやろ」と言われ「だからそれは自殺者に対する冒瀆ですよ。私はいずれコラムに書いて世界中に発表するつもりだし、つかお前って呼ぶな？」と言いたかったが、面倒なので「はあ」と返した。

Kさんも「周りには病気で亡くなったと伝えます。社長も他の人間には知られたくないと思いますから」と言っていた。


この人も自殺を恥ずべきこと、敗北のように考えているのだろうか。それって自殺した人に失礼だし、死者に鞭打つ発想じゃないか。人が命をかけて決めた選択を、他人があれこれジャッジメントするべきじゃないだろう。

と思ったが、いい加減眠いので「ふぁい」と返した。Kさんは涙声になって「僕の知ってる社長は誰よりも強い男でしたから……」と続けた。

だから、そういうとこやぞ。周りに強い男と思われたくて、あのおっさんは弱音を吐けなかったんやぞ。

そう思うと、なんだか父が可哀想になった。明日は父の遺体に「お疲れ様、死ぬほどの苦しみから解放されてよかったね」と言って見送ろう。

Kさんは「昔の仕事仲間に声をかけたら、斎場いっぱい集まりますよ、みんな社長に育ててもらったので、ほんと僕らにとって父親のような存在でした」と話し続けて、私は半分寝ながら聞いていた。

「社長は面倒見のいい人で……自分が苦しい時でも、仲間にお金を貸してましたから」

娘から金借りて他人に貸しとったんかーーーい！！！

もう喜怒哀楽がアレすぎて、自律神経がヤバい。命の母ホワイトをください！　効くか知らんけど。

父は面倒見がいいんじゃなく、単なるカッコつけのナルシストだ。本性はモラ山ハラ男でサイコ田パス太郎だ。

それでも泣いているKさんに「血がつながってなくてよかったですね！　本物の父親だったら搾取されてましたよ」とかひどいこと言わなかったので、おりこうさんである。

その後、ようやく昼寝をしてHPを回復させた。夕方、ごはんを作りに来てくれた義母に先ほどのKさんの話をすると、

「別れた旦那もそうやったわ〜。生活費は入れないくせに、外では気前よく奢ってね。外では陽気で面倒見がいいのよ。でも家では不機嫌に怒鳴り散らして、子どもの面倒なんか一切みなかった」

「マジクソですね」

「マジクソよ、男はもうこりごり。私はユノとチャンミンがいればいい」

義母は東方神起のファンなのである。昨日の韓流デカに会わせてあげたいが、もう一回警察署に行くには犯罪をするか亀を拾うしかない。

義母のごはんをもりもり食べながら、明日のことを考えた。

喪主といっても特にやることとないけど、焼香もトップバッターで前の人のマネもできないし、ちゃんとできるかな。

私は「見た目は大人、中身は子ども」の逆コナンくんなので、神妙な場が苦手なの

だ。いつも持ち前の不謹慎さを発揮して、葬儀や法事で怒られてきた。

まあ餅は餅屋、葬儀は葬儀屋、クレリさんに任せておけば大丈夫、葬儀はつつがなく進行するだろう。

……そう思っていたが、やっぱり事件は起こった。

――次回「毒親の送り方④葬儀にはアレを忘れずに」お楽しみに！

21 毒親の送り方❹ 葬儀にはアレを忘れずに

葬儀当日、11時半にクレリの斎場に到着。

司会進行役は、頼りがいのありそうなJJ先輩だった。「わからないことがあったら何でも聞いてくださいね」と微笑まれて「ママー!!」とオギャりそうになる。早速「焼香がよくわかりません!」とハキハキ質問すると「まず遺影に一礼してから合掌します。抹香《まっこう》を指でつまんで目の高さにあげて……」と教えてくれた。

葬儀の出席者は、私・夫・義母・伯父・伯母・Kさん・Kさんの会社の事務員さんの7人だった。事務員さんも月イチで父と食事をしていたらしい。葬儀の間、親族じゃなくこの2人がずっと泣いていた。

いらんこと言う族の族長は案の定「なんで弟は来ないんだ」「親の葬式に出ないなんて」「弟に甘すぎるんじゃないか」とか言うてきた。

「さあねえ」「知りませんねえ」「そうですかねえ」と最凶のさしすせそ丁寧語バージョンでかわしていると「お前がしっかりしすぎてるから」と言われて「誰かがしっかりしないとダメなんでねえ!!」とやや強火で返した。

中学時代、族長に「お前は将来、相撲取りになるんか」と言われて以来、いつかスーパー頭突きで沈めてやると思ってきたのだ。デブの恨みをナメるなよ。

しかし今スーパー頭突きをキメると葬儀の進行に支障が出るため、親族の控え室で控えることにした。

中身は子どもだが、本日の小生は喪主である。大人っぽく、しめやかに振る舞わなければならない。

葬儀は12時に始まる。直前にＪＪ先輩が「それでは行きましょうか」と控え室にやってきた。「ハーイ!」と元気よく立ち上がり、部屋を出ようとしたその刹那――

!?

黒いストッキングに伝線が……！！！

ある。

「え、そんなしょうもないこと？」と言われるかもしれないが、これは重大な事件である。

黒いストッキングに伝線がいくと、メッチャ目立つ。焼香に立った時も「あ、ストッキングに伝線いってる」と全員の目が釘付けになるし、「本人は気づいてるのかな」と気になって、しめやかなムードが台無しだ。

しかも最後に記念撮影するので、データが残る。自分が死んだ後も「おばあちゃん、ストッキングに伝線いってる！」「そういう人でしたよ……」と子々孫々に語り継がれる。

「ストッキングに伝線が!!」とJJ先輩に訴えると「スタッフがコンビニで買ってきます」と即答されて「ママー!!」と飛びつきそうになる。「サイズはLでお願いします、Mだとまた破れるので」とことづけて、控え室で待機した。

結局、ストッキング待ちで葬儀は20分押しでスタートした。葬儀の進行に支障出まくりである。そんなわけで、葬儀には替えのストッキングを忘れずに♪

喪主の挨拶も故人の思い出話もパスしたので、葬儀はテンプレの説法っぽいナレーションで始まった。私はこういう場面では完全に上の空なので、中身は一言も覚えていない。

女友達は「父の葬儀の時、母の考えた『若き日の2人は燃えるような恋に落ちました』みたいなナレーションが流れて、死ぬほど恥ずかしかった」と言っていた。

私もエモいポエムみたいなやつは恥ずかしい。だったらギャグ連発にして「笑ってはいけない葬儀24時」みたいにしてほしい。

ちなみに葬儀のBGMも自分で選べるそうだ。義母の時は東方神起の曲だろうか？　今度本人に確認しておこう。

テンプレのナレーションでもKさんは号泣していて、私もそれを見てもらい泣きした。Ｋさんは父の遺品のヨレヨレの帽子を握りしめていた。

彼にとって、父はどういう存在だったのだろう。まさか……推し？？

たぶん推しではなく、父親のような存在だったのだろう。「自分の結婚式にも社長は来てくれました」と話していた。私は親を呼ぶのがイヤで結婚式を挙げなかったけど。それでも晩年の父が本当のひとりぼっちじゃなく、気にかけてくれる人がいてよかった。

そんなふうに思うのは、父がもう死んでいるからだ。

母の時もそうだったが、死んだ父の方が生きている父よりも愛せる。死んだ父はもう二度と私を傷つけないから。


焼香タイムが終わると、次はメンバー全員で遺体とお別れタイムである。棺桶の中の父は「意外と元気そうだな」という印象だった。クレリの納棺師のメイクテクのお陰かもしれない。

死装束はテンプレの白い浴衣だった。棺桶に入る機会もめったにないので、ゴスロリや吸血鬼などコスチュームに凝るのもアリだろう。

私は心の中で「お疲れ様、死ぬほどの苦しみから解放されてよかったね」「いろいろあったけど、全部許すよ。だからもし転生とかあるなら、次回は幸せになってね」と話しかけた。

そんな言葉をかけたのは、父が69歳でさくっと死んでくれたからだ。

これがもし施設に入って96歳まで生きてその費用を私が負担してとかだったら、そんなふうには言えなかった。「早く死なねえかな」と親の死を願って生きるのはストレスだ。そのストレスを娘に与えなかった点について、私は父に感謝していた。

ひょっとすると私にこれ以上迷惑をかけたくないと思って、父は自殺を選んだのかもしれない。そんなことは全然なくて、最後まで自分のことしか考えてなかったのかもしれない。それはもうわからない。父はもう死んでいるから。

超少人数のシンプルプランなので、葬儀は40分で終了した。この後は出棺→火葬場へＧＯ！　という流れである。

Kさんと事務員さんとはここでお別れだ。最後にお礼を言って、Kさんにお饅頭（3万円の謝礼の封筒入り）を渡した。こういう時に「私ってば大人になったのね」と思う。普段、道で犬の糞を見つけて「ウンコや！！！！！！」とか叫んでいるのに。だが「ウンコや！！！！！！」と叫ぶことで、ウンコを踏まないように注意喚起できるのだ。ウンコはどうでもよくて、3万円を渡したのは「これまでありがとう」の気持ちもあるが、「これからもよろしくな」の気持ちもある。

父のアパートの処理や遺品整理は、Kさんが手配してくれることになっていたから。そしてこのアパートの処理の後、私は衝撃的な事実を聞かされる。もう衝撃が多すぎて心臓に悪い、誰か救心をください！　効くか知らんけど。

それはまた次回書くとして。我々はよっこいしょういちと棺桶をかついで、車で20分ほどの火葬場に向かった。

そして火葬場で棺桶が火葬炉に入るのを見届けた後、斎場へ戻った。正直「この儀式わざわざ必要か？」と思ったが、最後まで見送りたい遺族もいるのだろう。

焼き上がりは2時間後。

その間、斎場で精進落しとして寿司を食べた。寿司桶を2つ頼んでいたが、老人と中年しかいないので1つで十分だった。1つにすれば5000円ほど浮いたのに、まことに遺憾である。

ちなみにドリンクは持ち込みもOKらしい。なので「おばあちゃんの大好きだったレッドブルで乾杯♪」とかもできる。

寿司を食べながら、族長は「あんな老いぼれた弟の死に顔なんて見るんじゃなかった」と何度も言った。同じことを何度も言うのは老人仕草だが、特に言う必要のない発言である。「コイツぼくが棺桶にシュート決めたらどんな顔するだろう?」と思いながら、無視した。

その後は再び火葬場に行って、焼きたてホカホカの骨を拾って、解散となった。族長に「次会うのは貴様の葬式だな」と渋くキメたかったが、リアルにそうなりそうである。

以上で本日のプログラムは終了。準備も進行もクレリさんにお任せなので、らくらくだった。だがそれは出席者の人数が少なかったからだろう。

親の葬儀を経験した友人たちは「親戚連中がギャーギャーギャーギャーやかましくて、発情期ですかコノヤローだったわ……」とげっそり振り返る。

帰宅後「うちは親戚づきあいがなくてよかったね」「ほんとそうだな」と夫と語り合った。

アル「それに族長みたいな親父が家にいるのに比べたら、両親がさっさと離婚してくれてよかったわ」

夫「俺も父親がいなくて本当によかった。ちなみに兄弟がほしいと思ったことも一度もない」

「子どもには父親が必要」「一人っ子は寂しい」とか、大人が勝手に言ってるだけなのだ。これだけ家族間で虐待や殺人が多いのだから、家族の絆とか言うのはやめたらどうか。その幻想に苦しむ人は大勢いるのだから。

私もこのたび父を自殺で亡くしたが、喪失感はゼロである。推しを亡くした時の方が悲しすぎて、1週間ほど体調を崩した。

そんな私だが、父を送り終わって、ひとつだけ後悔していることがある。


骨をもらいすぎた。


骨壺にもレギュラー・スーパー・コンパクトとかタンポンみたいにサイズがあるが、私はうっかりレギュラーを選んでしまった。打合せの際、ポンコツの弟のせいで寝不足だったからである。

もらう骨の量を選べるかどうかは、火葬場（各自治体）のルールによるらしい。ちなみに残りの骨の処理は「火葬場により多様だが、場内の慰霊墳墓や公営墓地で合葬される例が多い」とのこと。

神戸住みの義母が「うちの父親の時は喉仏だけもらってお墓に入れたわ」と話していたので、私も喉仏コースを選べたのだと思う。そうしておけば、ポイッと散骨できたのに……と大変悔やんだ次第である。

父の遺書には「骨は海に撒いてください」と書いていた。クレリさんに聞いたところ「法的には、節度をもって海に撒くのであればＯＫです」とのこと。ちなみにそのへんの地面に埋めるのは違法である。

グーグル先生によると「遺骨を砕いて粉状にして、沖の方まで行って撒くならＯＫ」みたいな感じだった。散骨業者に依頼もできるが、自分でやればタダである。

義母殿に相談したら「ほな金づちと麺棒でいっとこか」と頼もしい言葉。やはり戦中生まれはタフである。

家内制手工業で骨を粉末状にして、それをジップロックにつめて、天気のいい日に海に撒きに行こうと思う。夫は釣りが趣味なので、ふたりで船に乗って遠足気分で。

死後に散骨を希望する人は、ちゃんと書面などに残しておこう。じゃないと残された者が、金をケチって海に捨てたと思われる。

私も族長にさんざん「遺骨はどうするんだ？」と聞かれた。族長はスティール・ボール・ランばりに遺骨の行方に興味津々だった、ただのおっさんの骨なのに。そのたびに「散骨します、故人の遺志ですから！」と強調した。

昔の人は遺骨は墓に納めるべきと考えているのだろう。しかし次男の父には墓がない。

日本は昔の家制度の名残りで、先祖代々の墓は長男が継ぎ、次男以下は分家して自分の墓を建て、娘は嫁ぎ先の夫の墓に入る、というしきたりがあるらしい。

今は親や長男が承諾すれば他の家族も墓に入れるそうだが、我が一族はこのファックなルールを採用しているという。クッソくだらねえ。

そんなわけで、父が散骨希望と遺書に明記していてよかった。万一「丘の上に墓を建ててほしい」とか書いてたら「戯言は地獄の鬼にでも言え！」と激おこである。

墓を建てる費用は約200万円が相場らしい。父は私に配慮したわけじゃなく、昔から「死んだら骨は神戸の海に撒いてほしい」と言っていたので本望だろう。

うちの夫は「死んだら鳥葬にしてほしい」と言っているが、それはペルーとか行かないと無理なんじゃないか。

というわけで、「毒親の送り方シリーズ」はこれにて完！　といきたいところだが、もうちっとだけ続くんじゃ。最終回「俺の弟がこんなにヤバいわけがない」と信じていたけど——？！！

「毒親の送り方⑤弟よ、お前もか」お楽しみに♪

22 毒親の送り方⑤ 弟よ、お前もか

現在、わが家のリビングにはクレリの仏壇セットが置かれている。

白で統一したシンプルなデザインで「ＩＫＥＡで買った」と言っても通用しそうだ。英国製の壁紙にも馴染んでいて、うちを訪れたＪＪたちにも「ええやんか〜うちの親の時もこれにしよ」と好評である。

こちらの料金も葬儀代の62万円に含まれていた。ありがたいのは、クレリに返却も可能という点だ。

やはり仏壇を燃えないゴミの日に出すのは縁起が悪い。バイブやラブドール等もそうだが、捨てづらいものは返却サービスがあると助かる。

父の遺骨を金づちと麺棒で砕いて散骨した後に、仏壇セットも返却しようと思っている。

葬儀の後、父のアパートの処理や遺品整理はKさんが手配してくれた。そのことには心から感謝している。私は父の住んでいた部屋を絶対見たくなかったから。

母が死んだ時も、狭いアパートの壁一面にギャル服がかかっていて「ホラーや」と思った。父の部屋はさらにホラーみが強そうで、トラウマ案件になると予想したのだ。

予想的中。

後日、父の部屋を訪ねたKさんから「正直、来なくてよかったと思います……」と言われた。

K「部屋の中は思った以上に荒れてました。どうやら、社長は土足で生活してたようです。あとお風呂とトイレも壊れてました」

アル「ヒエ〜ッ」

人間、本気でヒエ〜ッと思った時にはヒエ〜ッという声が出るものだ。部屋の中はゴミ屋敷状態で、足の踏み場もなかったという。生前の父は銭湯で風呂に入って、トイレはバケツに水を汲んで流していたらしい。

その話を聞いて「父はもう生活を投げ出していたんだな」と思った。

お金がなくても、快適に暮らす工夫をしている人はいる。アラサーの女友達は「うちの祖父、おばあさんみたいなおじいさんなんですよ」と話していた。

「元祖オトメンというか、家事スキルが高くて、趣味は料理とベランダ菜園。小さな安アパートに1人暮らしだけど、いつも近所のおばあさんたちが遊びにきて、お菓子を食べながらおしゃべりしてます」

一方、父は身の回りの世話をしてくれる女がいないとダメなおじいさんだったのだろう。離婚後の父には若い彼女がいたが、金の切れ目が縁の切れ目で去っていったのだろう。おじいさんが死なないためには、家事スキルの向上が必須である。

父の部屋には昔の仕事関係の書類がダンボール何箱分もあった。それらは全てシュレッダーにかけて処分しないといけない。大量のゴミと遺品の処分に加えて、アパートを解約する前に風呂とトイレを修理しなければならない。
Kさんが尽力してくれて、業者で見積もりをとってくれた。相場より安めの金額だったというものの——

アルテイシアは『68万円』を支払ったッ!!

ジョジョ風に表現しないとやってられない。この期に及んで金を搾り取りやがってブッ殺すぞ！　と言いたいが、相手はもう死んでいる。「ブッ殺すって思った時は、兄貴ッ！　スデに行動は終わっているんだね」とペッシも言っている。

それでも父の遺品のアルバムを見たら、やっぱり胸が痛んだ。家族4人が幸せに笑っている瞬間が確かにあったのだ。
遺品の中にはノートパソコンもあった。Kさんから「派遣でマンションの管理人をしてた時のものです。社長はパソコンなんか触ったことなかったから、僕がよく教えてました。がんばって勉強してましたよ」と聞いた時も、胸が痛んだ。父も必死で生きようとしていた時があったのだ。

それでももう限界で自殺を選んだなら、それはその人の寿命なのだと思う。

「葬儀に62万円、アパートの処分に68万円かかりました」とLINEしても、弟は無視をキメている。何度か電話もかけたが出なかった。

「普通は謝罪や感謝の一言ぐらいあるだろうが、このアホアホ丸が！」とぷんぷん丸の姉だったが「父が自殺してショックを受けてるんだろうな」と心配もしていた。

父の遺書には「すぐに相続放棄の手続きをしてください」と書いていた。相続放棄をするためには、死後3ヶ月以内に故人の住民票がある自治体の家庭裁判所に書類を提出しなければならない。

弁護士の女友達に相談すると「手続きは自分でできるよ、このサイトに説明が載ってるから」とURLを送ってくれて、それを開いた瞬間、オボロロロロと嘔吐した。

私は書類仕事が吐くほど苦手なのである。

　だが、弁護士や司法書士に代行を頼むと金がかかる。サイトを見ながら「フッ、俺様に任せたら3万年たっても終わらねえな」と呟いて「よし、アホアホ丸にやらせよう」と決意した。私と違って、弟は書類仕事が得意なのだ。

「相続放棄の話をしたいから電話に出てくれ。父の借金が出てきた時にキミも困ることになるぞ」とＬＩＮＥしたら、弟はようやく電話に出た。責めるようなことは一切言わず、２人分の手続きを頼みたい旨を伝えると「わかりました」とすんなり承諾した。

　父の死についても話したかったが、相変わらず弟の反応は三点リーダーだった。

アル「調子はどう？」
弟「うん……まあ……」
アル「今も落ち込んでる？」
弟「うん……そうだね……」
アル「父の自殺がショックだったの？」

弟「……未来の自分の姿かなって」

オイオイ死亡フラグかよと思いつつ「よかったら話を聞かせてほしい」と言うと「話したくない」と塩対応。弟には悩みを話せる友達もいなさそうだし、ほっといたらこいつマジで死ぬんじゃないか？

うちは父が自殺して、母も変死して、実は母の弟の1人も自殺している。そんな死にがちな一族なので、弟のことが心配だった。だが私が40過ぎたおばさんであるように、弟は40過ぎたおっさんだ。相手は大人なんだから、あれこれ干渉すべきじゃないのかもしれない。

それにしても、同じ日に同じ穴からオギャーと生まれたのに、なんでこんなに違うんだろう……そう思いながら、電話を切った。

数週間後、家庭裁判所の担当者から電話がかかってきた。

「弟さんと連絡がとれなくなりました」

担当者いわく、弟から相続放棄の書類が送られてきて、その件で何度か電話でやりとりをしたらしい。

「追加で必要な書類があるので、ここ1週間ほど毎日電話してるんですけど、何度かけても出てくれなくて」

先述の死亡フラグ発言を思い出して、イヤな予感がした。

その後、私も何回も電話をかけたが、留守電になるばかり。LINEで「連絡がとれないと家裁から電話があって、すごく心配してます。電話がイヤならLINEでもいいから返事をください」と送っても未読スルーのままである。

近況がわかるかもと弟の仕事用のブログとフェイスブックをチェックしたら、なんと2つとも削除していた。

「し、死んでる」

関ケ原の合戦ぐらいフラグ立ちまくりである。やっぱり嫌がられても話を聞き出すべきだったか、東京まで会いに行くべきだったか……グルグル考えながら連絡を待ったが、なんのレスポンスもないまま夜になった。

いよいよ警察に連絡するか。そう思いながら、念のため弟のＬＩＮＥに「連絡がつかなければ警察に連絡します」と送ってみた。

!?

速攻で既読がついた！　生きとったんかいワレー!!

「問題なく暮らしてます。心配しないでください」

その返信を読んで、ガックリと床にひざをついた。ああ……こいつは本当に自分のことしか考えてないんだな。私の気持ちなんか心底どうでもいいんだな。警察を呼ばれたら自分が困るから、ようやく返事をしたんだな。

2度めの音信不通なのに、私はまだ弟を信じていたのだ。私が心配しているとわかって無視なんかしないはず、「俺の弟がそんなにヤバいわけがない」と。

それに、繊細な弟は父の自殺にショックを受けていると思っていた。だからしばらくそっとしておこうと。でも本当はショックを受けているフリをして、面倒から逃げたかっただけなんだろう。

それなのに、私は医者の友人に「弟の家の近くでオススメの心療内科はないかな？」と相談までしていた。なんでこんなにお人よしなんだろう、本当にバカみたいだ。

そう思ったら涙が出てきた。ついでにエシディィシ泣きしようかと思ったが、オーディエンス（夫）がいないので張り合いがない。そこで家中の窓を閉めてから、血管が切れるほどシャウトした。

「ボケエエエエエエエエ！！！！　２００万返せやクソがあああああああ

ッ！！！！！」

私は弟にも何度も金を貸していて、その総額は２００万以上になっていた。自分も余裕がなくて必死で働いていたのに。父と弟に金を渡すたびに石川啄木顔になってじっと手を見ていたが、弟には進んで金を渡していたのだ。

「商売がうまくいかず、バイトを掛け持ちしてたら体を壊した」みたいな話を聞くと、弟が心配で可哀想になったから。私にとって弟は「毒親育ちの可哀想な被害者」で、自分が守らなければと思っていたから。

そんな姉心につけこんで、彼は私を利用してたのかもしれない。弟も父と同じ「吐き気をもよおす邪悪」なのかもしれない。本当のところはわからない。わかっているのは、以前のような情はもう戻らないということだ。

うちには鳥の柄のマグカップがある。10年ほど前に弟がプレゼントしてくれて、私はすごく嬉しかった。こんなかわいいものをくれる弟がいてよかったと思った。１０

00円かそこらのマグカップ1つでほだされるなんて……。

ヒモに貢ぐ女性の気持ちが！　『言葉』でなく『心』で理解できたッ!!

あと見た目にも騙されていたと思う。押尾学みたいなルックスだったら「こいつ悪いこと考えてるな」と警戒するが、弟は岡田将生似の虫も殺さない系のルックスなのだ。

わが家に泊まった時も、夫に「飼ってるクワガタ見る？」と聞かれて「僕、虫は怖いんで」と答えて「なんで？　弟くんの方が強いよ」と嚙みあわない会話をしていた。また、弟がスキンケアセットを持参しているのを見て、夫は「弟くんはアムウェイか？」と聞いてきた。そんな夫は生まれてから一度も顔を洗ったことがないらしい。

虫やゾンビが苦手で、美容やファッションが好きで、料理や洋裁が得意なイケメン。そんなキャラが乙女ゲーにいても選ばないが（武骨系が好みなので）、私はフェミニンな弟を好ましく思っていた。親戚連中に「男女が逆ならよかったのに（笑）」と揶揄されても、私たちは仲のいい双子だった。

と、思いたかったのだ。両親が毒親だから、せめて弟とは仲良しでいたかった。家族の絆や血のつながりという幻想を、私も完全には捨てきれていなかったのだろう。

だがこのたび「よし、弟とも縁を切るか！」とサッパリした気分である。

相続放棄の手続きが終わったら、もう連絡を取ることはないだろう。向こうから連絡が来ても、私はもう二度と金を貸さない。弟が最後の幻想を壊してくれたお陰だ。

私は血のつながらない大切な人を大切にして生きていく。今の私には夫と猫と義母がいて、女友達がいて、仕事仲間も読者もいる。だから血縁はもういらない。

北欧風の仏壇の横に父の遺骨を置いていて、友人たちが線香をあげてくれる。部屋が寺みたいな匂いになるが、その中でキャッキャウフフとトークしている。

「マジで母より先に父に死んでほしい」

「わかる！　お父さん早く死んでほしいな〜」

「親が死んだらクレリを紹介するわ」

「うちの妹もアホアホ丸だったらどうしよう」

「その時は私を二親等と思って頼って」

「うん、頼るわ！」


人生にはヘビーなこともあるが、頼れる友達や本音を話せる場所があればなんとかなる。親きょうだいなんかいなくても、人は幸せに生きられる。

今回それを再確認して、さらに自由に身軽になれた気がする。父の自殺も悪いことばかりじゃなかった。笑えることも学ぶこともいっぱいあった。

死にがちな一族出身だが、私はなるべく元気に長生きして、ＪＪの愉快な冒険を続けたいと思う。アリーヴェデルチ！

アルテイシアは激怒した。先日、夫からこんな話を聞いたからだ。

夫の会社に婚約中のアラサー女子がいた。彼女の父親はモラハラ・DV・借金の三冠王で、母親はさんざん苦労した末に離婚した。彼女と母親は父親から逃げて、住所も教えていなかったそうだ。

にもかかわらず、婚約者が「お父さんを結婚式に呼ぶべきだ」と強く主張したという。その時点でクソだが、なんとそいつは勝手に父親に連絡して「結婚式に出てほしい」と直談判したらしい。

結局、彼女はその男と婚約破棄した。夫は「君は正しい、そんな男とは別れて正解だ」と慰めたという。

本人も「結婚前にクソだと気づいてよかった」と頭ではわかっていると思う。でもやっぱり深く傷ついて「毒親育ちだからこんなことになった」と自身の境遇を呪っているんじゃないか。

そう思うと胸が痛くて「その子に特上の寿司でも奢ってあげなさいよ」と夫に言った。そして、その婚約者には特上の昆虫ギフトセット（タランチュラ入り）を贈ってやりたいと思った。

そいつは毒親ポルノの悪影響を受けているのだろう。「疎遠だった毒親とわかり合って和解する」みたいなお涙頂戴系の作品を、私は毒親ポルノと呼んでいる。それらは毒親の呪いに苦しむ人間にとってきわめて有害なコンテンツだ。

どんなにひどい親でも、子どもは「親を捨てた自分はひどい人間じゃないか」と自分を責める。それだけでも苦しいのに、毒親ポルノに汚染された人々から「親子だからわかり合える」「許して和解するべきだ」と押しつけられる。

そうやって何重にも苦しめられる毒親フレンズに向けて、毒親ライフハックと毒親ポルノの撃退法を書きたい。

私は毒親育ちの一員として「テロリストとは交渉しない」と提唱してきた。「親子なんだから、話し合えばわかり合える」と言う人もいるが、話し合ってわかり合える親なら、そもそも悩んでいないのだ。

私も「今度こそわかってくれるかも」と期待しては裏切られ、「なんの成果も得られませんでした……!!」と絶望してきた。そして「親子だからこそ、わかり合うのは無理」と諦めたことで楽になった。

毒親は子どもを対等な個人ではなく、思い通りに支配できる所有物だと思っている。「育ててやった恩」を押しつけて、「自分は正しい、お前がまちがってる」と譲らないから、まともな話し合いなどできない。

そんな敵は聖剣や聖水でも倒せないので、「逃げる」という選択肢がベストだ。が、毒親はストーカーばりの粘り腰で追いかけてくる。

ものすごくウザくて、ありえないほどウザいＬＩＮＥを送ってくるのは毒親仕草だが、そんなときは「地獄のミサワ返し」がおすすめだ。

「仕事忙しくて寝てないんだよねーLINE見る余裕もなくてさー」「眠眠打破飲んでてさー実質1時間しか眠れなくてつれーわー」と、相手以上にウザく忙しいアピールをしよう。

世間体を気にする毒親には「仕事辞めたいけど、無職はやっぱヤバいしさー」と付け加えるといい。


毒親とは距離を置くのがベストだが、完全に遮断するのが難しいケースもある。なので「イヤなら会わなきゃいいのに」「なんで縁を切らないの?」とか、まわりが気安く言うのはやめよう。

過干渉・支配系の毒親育ちは「会いたくないけど、会わないともっと大変なことになる」と経験的に知っている。鬼電や鬼LINEで「会わなきゃ死ぬ」と脅迫して、自宅や職場に突撃するなど、過激なテロ行為に及ぶ毒親も多い。

私も母の電話を無視していたら、いきなり会社に突撃されて、マジで殺そうかと思った。尊属殺人犯にならなかった自分を褒めてやりたい。

「テロ抑止のためにたまに親と会うけど、そのときは映画や舞台を観るようにしてる。上演中は話さなくてすむし、その後も作品の感想で話がもつから」と友人は毒親ライフハックを語っていた。

『アベンジャーズ／エンドゲーム』とか観れば「うちの毒親もサノスよりはマシやな」と思えるかもしれない。私はガモーラちゃんを見ていると「お互い苦労しますね」と涙が出てくる。

もしあれがサノスとガモーラちゃんが和解する話だったら「毒親ポルノかよ、ケッ！」と大量のタンを吐いただろう。

「子どもを愛さない親はいない」「だから親を嫌うなんておかしい」と毒親ポルノ発言をぶつけられたら「いじめの被害者にそれ言うか？」と返してほしい。

毒親育ちは親からいじめを受けて育ったのだ。暴言・暴力・無視・脅迫・人格否定を受けてきた被害者に「話し合えばわかり合える」「いじめたほうにも事情があった」「過去は水に流して許してやれ」「盆正月ぐらいは会ってやれ」なんて言うほうがおかしいだろう。

とはいえ、そこまで強い返しをできない場面は多い。「盆正月ぐらいは帰ってあげたら？　たまには親孝行しないと」と言われたら「いろいろ複雑で……」と明菜返し（小声&伏し目）をしよう。友近の中森明菜のモノマネを参考にしてほしい。

それでも何か言ってくる相手には「ＤＶ返し」がおすすめだ。鈍感な人間に「親と仲が悪くて」と返しても「反抗期？（笑）」「親だって完璧じゃないんだから」「子どもを産んだら親の苦労がわかるよ」と説教をかまされがちだ。

そこで「親からＤＶを受けて……」と返すと、さすがに相手は黙る。昨今、痛ましい虐待事件が多いため「ＤＶ」というワードは効く。それでも何か言ってくる奴は、そいつが毒毒モンスターなのでダッシュで逃げよう。

私も善意の人から「親御さんは寂しいのよ、やさしくしてあげて」と言われたが、毒親はモラ夫と同じで、やさしくするとつけこんで、利用&搾取してくる。

毒親の生態を知らない人からの雑音をシャットアウトして、自分の心を守ってほしい。

傷ついた心の回復には、安心できる場所で気持ちを吐き出して、理解・共感してもらうことが有効だ。ネットの毒親コミュニティやＡＣの自助グループなどで、仲間とつながるのも助けになるだろう。

私が一番傷ついたのは、新人時代、会社の飲み会でぽろっと親の話をしたら「自分は親に殴られて育った、その程度で被害者ぶるな」と先輩に言われたことだ。

そいつはデスノートで殺したいリスト筆頭だが、なんと名前を忘れている。あの日見た花の名前どころか、恨んでる奴の氏名もわからないとは、ＪＪの忘却力に恐れ入る。

あのとき「屋上へ行こうぜ……久しぶりに……キレちまったよ……」と言えればよかったが、22歳の私はショックで何も言い返せなかった。屋上から蹴り落とすのは無理でも、そいつに少しでもダメージを与えたかった。

ダメージを与える方法としては、エシディィシ返しもアリだ。「あァァァんまりだァァァァ　AHYYY　AHYYY　AHY　WHOOOOOOOHHHHHHHH!!」とギャン泣きすれば、そいつを「ひどい発言で女子を泣かせた悪者」にできる。

相手がまわりに非難される姿を見れば「フー、スッとしたぜ」と気分が晴れるし、相手が謝ってくるかもしれない。そのときは「すみません、心が叫びたがってたんで」とクールに返そう。

「うちも毒親だけど結婚式には呼んだよ、それがケジメってもんでしょ」と説教してくる輩もいる。その手の「自分は我慢したんだからお前も我慢しろ勢力」は1カ所に集めて空爆したい。

空爆できない場合は、最終兵器の「マジキチ返し」をお見舞いしよう。「へ～結婚式で金玉相撲はした？　えっしてないの？　東京五輪で正式種目なのに？」と意味不明な返しをして、相手を恐怖させよう。

「こいつとかかわるのはヤバい」と敵に撤退させるのが、スマートな戦い方である。

また「恋人や友達に気持ちをわかってほしいけど、毒親カムアウトするのが怖い」「わかってもらえなくて、もっと傷つくことになるんじゃないか」と悩む毒親フレンズは多い。

カムアウトする場合は、メールや手紙で伝えることをおすすめする。

というのも、相手も毒親育ちなら「わかる!!」と握手して、親の悪口大会をしてスッキリできる。

一方、相手が毒親育ちじゃない場合は「人の親の悪口を言っちゃダメかも」との遠慮から、「お母さんも大変だったんじゃない?」「不器用だけど愛情はあったと思うよ」といった返しをされがちだ。すると毒親育ちは「やっぱりわかってもらえない」と絶望して、それ以上話せなくなる。

なので、文章で言いたいことを全部伝えきるほうがいい。相手も何度も読み返して理解を深められるし、どんな言葉を返すか推敲できるのもメリットだ。

メールや手紙には、親からされてつらかったことや、今の気持ちを正直に書こう。

そのうえで「私の話を否定せずに、ただ聞いてくれるだけでいい」と要望も書こう。

そうすれば、相手は「気のきいた言葉やアドバイスを返さなきゃ」と誤解せずにすむ。

「毒親育ちの恋人や友達の気持ちをわかりたいけど、わからない」と悩む人もいるだろう。でも、それでいいのだ。そうやって悩んでくれる存在がいることに救われるから。

ＬＧＢＴに関する記事に「同性を好きになる感覚を理解する必要はなく、『自分が異性を好きになるように、同性を好きになる人がいるんだな』と頭でわかっていれば十分で、心までついていかせる必要はありません」とあった。

毒親についても同じである。「自分は親を好きだけど、親を嫌いな人もいるんだな」と頭で理解してくれればいい。かつ「親を嫌いたい子どもなんていなくて、そのことで本人が誰よりも傷つき、自分を責めている」ことも理解してほしい。

毒親カムアウトをされた側は、余計なことを言わないのが一番である。

たとえば、震災や事故で深いトラウマを負った人に「つらい過去は忘れて、前を向こうよ」なんて言わないだろう。言われたほうは「忘れられないから苦しいのに」と傷つき、「いつまでも引きずる自分がダメなんだ」とますます自信を失ってしまう。

毒親も同様、アドバイスや励ましは必要なくて、否定せずにただ話を聞いてほしい。そのうえで「それだけ傷ついたんだから、親を嫌いなのは当然だよ」と肯定してくれれば、心から救われる。

「大変だったね、話してくれてありがとう」
「親と仲良くするのが正解じゃないよ」
「誰が何を言おうと、私はあなたの味方だよ」

この3つの言葉で十分なので、ドラクエの復活の呪文のように紙に書いてほしい。

また「ひどい！」「ヤバい！」というシンプルな返しもうれしい。毒親育ちは「腫れ物扱いせず、普通に接してほしい」と望んでいるから。

進撃のミカサの言う通り、この世界は残酷だから、親子ガチャがハズレだと人生は超絶ハードモードになる。私もアタリを引いた人から仲良し親子の話を聞くと、羨ましさと妬ましさで憤死しそうになった。

が、いろんな家族の話を聞くうちに「そういうのはレア度が高い」と気づいた。毒親じゃなくても「親とは盆正月しか会わないけど、2日もいると死にそうになる」「実家に帰ったあとは体調を崩す」という人は多い。

そして毒親じゃなくても、親を好きでも嫌いでも、すべての親は抑圧になりうる。

父は開業医で母は専業主婦の、裕福な仲良しファミリー育ちの友人がいる。彼女は医学部に進学したものの、全然向いてなくて鬱になり、大学を中退。「子どものころから、自分は医者になりたいんだと思ってた。でも、それは親の望みだったと気づいた」と話していた。

親を好きだからこそ、無意識に期待に応えようとして、壁にぶつかる人もいる。また親を好きだからこそ、親が年老いて介護に直面したときに苦しむ人もいる。

私は「もらってないものは返せない」とよく書いているが、介護中の友人は「私は母からいっぱいもらったから、自分も返したいと思うんだよね。それで自分を犠牲にして、限界までがんばってしまう」と話していた。

「介護鬱になる気持ちがよーくわかる。なにより、大好きな母が苦しむ姿を見るのが本当につらい」という彼女。

外からは見えづらくても、人それぞれ地獄はある。みんなちがって、みんなつらい。それを理解していれば、デリカシーのない言葉で人を傷つけずにすむだろう。また女同士は特に、お互いのつらさを語り合って、つらさでつながれると思う。

一方で、絶対わかり合えない人がいるのも事実。「自分のほうがつらい」「被害者ぶるな」とか言う奴には、今後もマジキチ返しをお見舞いする。金玉相撲以外にアナル野球やチン高跳びなど、バリエーションを増やしたいと思う。

24 「もう離婚する!!」夫婦ゲンカをして決意したこと

私と夫はめったにケンカをしない。

たとえば「記念日を忘れた」といった理由でケンカするカップルもいるが、うちは夫婦そろって忘れている。12／31が結婚記念日なのだが、今年も七草粥を食べながら「あ、そういや結婚記念日だったね」と思い出した。

人にはそれぞれ「許せること、許せないこと」があって、そこが合っているかがカギなのだろう。私が許せないことは、差別や男尊女卑である。

夫は公正で思いやりのある人間なので、差別的な発言は絶対しない。また痴漢のニュースなどを見るたびに「日本は性犯罪に甘すぎる！」と怒っている。

「痴漢は自動小銃で撃ち殺せばいい」とも言っているので、単に自動小銃を撃ちたいだけかもしれないが。ベルギーでは銃が簡単に手に入るという報道を見て「俺も買いにいこかな」と言っていた。

そんな夫は何度か痴漢を捕まえているし、路上で彼氏に殴られていた女性を助けたりもしている。去年も女子中学生にわざとぶつかるオッサンをタックルで仕留めていた。

近所の小学校の周囲に変質者が出た時は「パトロールに行ってくる」と黒ずくめの服装で出かけようとして「お前が捕まるぞ!」と制止した。

彼は女の味方ぶったりしないが、女性に対してまともな敬意を持っている。

テレビでお笑い芸人が柔道の女子選手にデブいじり的な発言をしていた時も「そんなこと言うな、体重増やさなあかんねん!」と怒っていた。

私は吉田沙保里がセクハラ的ないじりをされるたび、「女性アスリートをバカにするのもいい加減にしろ!　それをダルビッシュや羽生結弦にも言うか?　吉田沙保里はお前なんか1秒で殺せるんやぞ!」とバチギレているが、夫は彼女を大変リスペクトしている。「吉田沙保里はバラエティに出ている時も全くすきがない、さすがだ」と称える夫を「よっ、ベストパートナー賞！」と称える私。あいかわらず初老のノロケで恐縮である。

しかし先日、事件が起こった。そんなベストパートナー賞の夫に「もう離婚する!!」と口走ってしまったのである。

先ごろ、幻冬舎プラスで連載中の「アルテイシアの熟女入門」に「地獄が見える化したクソゲー社会で、ＪＪが後輩たちのためにできること」というコラムを書いた。「昨今、女の生きづらさを感じる案件が多すぎる。女が肥だめを覗きこんで『クソだー!!』と叫んでいるわけじゃなく、道を歩いているだけで頭上からクソが降ってくる。そんな『アトランチスの謎』のごとき、昭和のクソゲー的な世界を我々は生きている」

このコラムには多数のコメントが寄せられたので、同じように感じている女性は多いのだろう。

そこで書いたが、以前バーで飲んでいた時、近くにいた3人の男性客が痴漢冤罪の話を始めた。「女ばっかりずるい、女尊男卑だ」「おっさん専用車両を作ってほしい」と彼らは大声で笑っていた。

私はガタッと立ち上がり「あなた方は痴漢冤罪被害に遭ったことがあるのか？　私も私の周りの女性もほぼ全員が子どもの頃から痴漢に遭ってきた。今この店にいる女性客もそうだろう。公の場で性暴力の話を大声でするんじゃない」と注意することは、できなかった。

二次元の世界なら相手に酒をぶっかけたり、「汚物は消毒だ〜!!」と燃やすこともできる。でも現実世界では「こんな連中と関わりたくない」「何をされるかわからない」という不安が先に立つ。

何より話し合う姿勢のない相手と話しても、骨折り損になることを経験的に知っている。だからほぼ飲んでないグラスを残したまま勘定をして、店を出た。

そして、家に帰って泣いた。無視することも自分を守るための手段だ、と頭ではわかっているが「泣き寝入り」という言葉が浮かんだ。

その場で声を上げられなかったことが悔しかったし、別の女性がまたイヤな目に遭うと思うと悔しかった。私にできるのは、二度とあの連中に会わないためにバーに行くのをやめることだけだった。

20代の頃、通勤電車で痴漢に精液をかけられたことがある。そのせいで会社に遅れていったら、男の上司に「顔射されたのか?」と笑われた。

痛みのない側の人間が、傷ついた者をさらに傷つける。なぜそんな理不尽に耐えなきゃいけないのか、まさに生きているだけでクソを投げられるクソゲーだ……と悔し涙を流しながら、「呪いのかけ方」でググった。

私は「アルテイシアの大人の女子校」というオンラインサロンを運営している。つい先日、メンバーの1人が掲示板にこんな書き込みをしていた。

「今日、仕事帰りの電車でオッサンが触ろうとしてきたのをカバンで防御したら、降りる時に足を蹴られました」

それを読んで、怒りと悔しさで涙が出た。本人は「みんなのコメントに救われました、なんとか眠れそうです」とレスしていたが、それで加害された傷がなくなるわけじゃない。それでもなんとか眠って、明日も朝から電車に乗って会社に行くのだ。

その翌日、20代の女友達に誘われて飲みに行った。そこで彼女からこんな話を聞いた。

「『若い女の子がいた方が盛り上がるから』と上司に接待に連れていかれて、男だけの宴会で取引先のおじさんに陰毛を投げつけられました。周りの人は『よっ、○○さんのお家芸』『キミ縁起がいいね』と大笑いして、誰も守ってくれませんでした」

彼女は「アルさんに話したら楽になりました」と最後は笑顔になって帰っていった、明日も朝から会社に行くから。でも私はやりきれなくて、つい酒を飲んでしまった。生きているだけで、陰毛を投げつけられる世界に絶望して。

そんなもん飲まずにいられない、でも、こういう時に深酒するのはよくない。

結局、酔って帰宅した私は「悔しい！　なんで女だからってこんな目に遭わなきゃいけないの?!」と夫に怒りをぶつけて「男にはこんな苦しみわからないだろう」とからんでしまった。

もちろん、ぶつける相手を間違っている。「男」だからって怒りをぶつけるのは理不尽だし、八つ当たりだし、フェアじゃない。これじゃ自分が四方八方にウンコを投げる無差別ゴリラだ。

夫は痴漢もセクハラもしないどころか、性暴力から女性を守っているのに、「男」という性別で一括りにするべきじゃない。

そんなこと、頭では全部わかっているのだ。

わかっているけど、チン毛を投げるオッサン、それを見て笑っている男ども、そんな連中が平気でのさばっている社会が憎い。性暴力を軽視して、加害者を擁護して被害者を叩く社会が憎い。その憎しみの行き場がなくて、目の前にいる夫にぶつけてしまった。

夫は酔ってネチネチからむ私に「男の俺はキミの苦しみを完全には理解できない。でも理解したいと思ってるのに、そんな言い方をされると俺もつらい」と至極まっとうな意見を返してきた。

それに対して「理解してよ!! じゃないともう離婚する!!」と泣き叫ぶ妻。

完全に妻の側がモラハラである。と、冷静な自分はわかっている。わかっているけど、男の加害で傷ついてきた過去の自分が叫ぶのだ。

子どもの頃から何度も痴漢に遭ってきたこと。大学時代、バイト先の先輩に襲われそうになったこと。会社員時代、取引先のオッサンにキスされたこと。仕事で終電になった帰り道に痴漢に遭ったこと。それで警察に行ったら「こんな時間に夜道を歩いてるから」と警官に言われたこと……そんな数えきれないほどの傷がまだ癒えていないのだ。

自分が受けた傷だけじゃなく、女友達が彼氏に殴られたり、ストーカーに脅されたり、上司にセクハラを受けたり、もう本当に数えきれない。親しい友人から過去のレイプ被害を打ち明けられたこともある。

その時々に感じた怒りや悔しさや悲しみがマグマのように溜まっていて、刺激を受けると爆発してしまう。

これはトラウマ反応だから、自分ではコントロールできないものだ。災害や事件の被害者が、過去の記憶がフラッシュバックして、恐怖や苦しみがよみがえるのと同じである。


みたいなことを普段なら説明できるが、なんせその瞬間はトラウマ反応によるパニック状態なので、キエエエーッ‼ と猿叫しかできない。

その時、夫はゴリラ化した妻を抱きしめて「離婚なんかしない、俺はいつでもキミの味方だろう」と背中を撫でてくれた。「仲直りしよう、俺たちがケンカしてたら猫も可哀想だ」

「おたく、ブッダはんでっか？」という話である。夫のブッダみに比べて自分はなんちゅうクソ妻や。と申し訳ない気持ちで号泣しながら、泣き疲れて眠りについた。

翌朝、ものすごい圧を感じて目覚めると、腹の上に体重10キロの超大型猫がのっていた。私が元気のない時は添い寝してくれるラーメンマンを抱きしめて、さめざめと泣いた。

夫はもう出勤していて「大丈夫？　今日はなるべく早く帰るから」とLINEが届いていた。それを見て「ブッダはん、えろうすんまへん……」と後悔して落ち込んだ。

こんな優しい夫と猫のいる私は幸せだ。それはよーくわかっている。でも今が幸せだからといって、過去の傷が消えてなくなるわけじゃない。

その後、女子校の掲示板に昨夜のことを書き込んだ。すると共感と励ましのコメントが寄せられて、驚くほど気持ちが楽になった。子ポメラニアンの動画以上の癒し効果である。

女子のためのセイフティネット、安心して本音を吐き出せる場所を作りたいと思ってサロンを始めたが、自分自身が救われた。ついでに「推しについて語るスレ」を読んだら、ますます元気が出てきた。

元気が出たところで、今後の対策として「トラウマが刺激されそうな時は飲酒しない」「女子校の掲示板に書き込む」と決意した。昨夜のようなことを繰り返さないために。

私の書き込みに対して「私も同じような理由でパートナーとケンカになりました(泣)」「彼にあたってしまう自分がイヤでたまりません」とコメントもついていた。

私も同じように自己嫌悪して、落ち込んだ。でもやっぱり女の子たちには「しかたないよ、トラウマ反応なんだから」と言いたい。

そして、それをパートナーにも理解してほしい。昨夜の夫のように感情をぶつけられたら困惑するし、腹も立つだろう。そんな時は、相手のことを「自分を責めて攻撃してくる人」じゃなく「トラウマに苦しんでいる人」だと思ってほしい。

私たちは幼い頃から性暴力や性差別にさらされ、今現在も苦しんでいる。

それを感覚として理解できなくても、頭で理解してほしい。「それだけ傷ついてきたなら、発作が起こるのはしかたない」と受け止めてほしい。そうすれば、やがて発作はおさまるから。

そして「自分が暴漢に襲われて大ケガしたら？」とリアルに想像してほしい。理不尽な暴力を受けた苦しみは一生記憶に残るだろう。

「つらい過去は忘れよう」と言われても「忘れられないからつらいのに」と思うし、「悪い人間ばかりじゃない、木を見て森を見ずはダメだよ」と言われても「誰も自分の苦しみを理解してくれない」と絶望するだけだろう。

男女が完全にわかり合うことは難しいかもしれない。でも、傷ついたことのない人間なんていない。

心の傷の回復には時間がかかる。安心できる場所で気持ちを吐き出して、理解・共感してもらうことで、少しずつ癒されていく。それを理解していれば、男と女は歩み寄れるんじゃないか。

まあチン毛を投げるオッサンとは絶対歩み寄れないので、疫病とかで死ねばいい。フーゴのスタンドでチン毛の1本まで溶けてしまえ。

以上、オッサンのチン毛が発端でケンカになり、コラムのネタにはなったが、こんなのはご免である。家庭は平和が一番だ、ただでさえクソゲーな社会なのだから。

ＪＪになるとドスが利くため、男にナメられることは減った。かつメンもごんぶとになるため、クソリプごときは屁でもない。そんなＪＪですら生きづらいのだから、若い女子たちの生きづらさはいかほどのものか。

そう考えると、地獄から目をそらすわけにはいかない。見て見ぬフリをする方が楽でも、楽な道は選ばない。うるさいフェミニストと叩かれても、私は声を上げ続ける。

そんな決意を新たにした。そして声を上げ続けるには声帯を鍛えなきゃいけないので、女子校で合唱部を発足することにした。発声練習で骨盤底筋も鍛えられるそうなので、尿漏れ・便漏れの予防効果も期待している。

25 やっぱり私と夫は全然合わない

このたび、夫婦コラムを書籍化するために、過去の原稿を読み返して「やっぱり私と夫は全然合わないな、趣味が」と再確認した。

我々は共通の趣味が1つもないが、それで困ったことは一度もない。

結婚生活において大切なのは、もっと根本的なことである。話し合いができるか、思いやりを持てるか、病める時ベースで支え合えるか、といった人間性の問題。

また何を大切に思うか、何が許せないか、何に嫌悪感を抱くか、といった感覚や価値観。それらが合っていれば「妻の趣味はサンバで、夫の趣味は写経」とかでもうまくいく。

これは女友達も同じだと思う。友人たちは趣味も職業も属性もばらばらだが、感覚や価値観が似ているから、一緒にいて楽しいし居心地がいい。

夫とは趣味は合わないが話が合うので、交際当時からファミレスで何時間でも話せた。そして14年たった現在も、家で晩ごはんを食べながら飽きずに会話している。

『59番目のプロポーズ』で作家デビューした時に「アルさんもオタクですよね？」とよく聞かれたが、私はオタクにもリア充にもなれない、中途半端な人間である。

漫画やアニメは好きだが詳しくないし、ゲームは全然しないし、オタクとは言えない。かといってウェイが苦手なインドア派でリア充でもない。

若い頃はリア充系の男子と付き合っていたが、フェスやフットサルの試合に同行するたび「早く家に帰りたい」と思っていた。

ウェイな人々の「やたら乾杯して写真を撮りたがる・ハイタッチしたがる・初対面でタメ口&下の名前呼び」みたいな文化にもなじめなかった。

当時はリア充になれない自分にコンプレックスを感じていたが、結局、人は居心地のいい相手といるのが一番なのだろう。

オタクの夫と付き合って、その居心地のよさに驚いた。家で漫画を読んだりDVDを観たり、クリスマスにガンダムツリーを飾ったりして「なんて楽なんだ、ワナワナ」と震えた。「ワナワナ」「メメタァ」など擬音を口に出すこともできた。

夫とはたまに外でデートするのも楽しかった。USJのジュラシック・パークのアトラクションに乗った時、「ヴェロキラプトル！」「ブラキオサウルス！」「プシッタコサウルス！」と全恐竜の名前を連呼して「そしてナレーションは江原正士だ」と結んだ夫に「こいつすげえな」と感心した。

「さすが恐竜オタクだね」と言うと「いや、骨を見せられて『これはアロサウロスの椎骨だ』とわかるぐらいじゃないとオタクじゃない」と返されて「なんと厳しい世界よ、ワナワナ」と震えた。

また、夫に『月刊ムー』のコラボバッグの画像を見せたら「ビッグフット、チュパカブラ、フラットウッズモンスター、モスマン、ネッシー、シーサーペント」とすらすら答えたので「キミすげえな」と感心すると「こんなのは常識だ、SMAPのメンバーの名前を言えるようなものだ」と返された。

「このメンバーの中で最推しは？」と聞くと「そりゃやっぱりフラットウッズモンスターだろう」と言っていたので、ＵＭＡ界のキムタク的存在なのかもしれない。

そんな夫は20歳の時に『野人発見』というタイトルのムービーを撮影している。その古いビデオテープを再生したら、野人役の夫が全裸で木に登ったり砂を食べたりしていた。

私は恐竜やＵＭＡに興味がないし、全裸で砂を食べる趣味もない。だがオタクにもリア充にもなれない者として、そこまで何かに熱中できる夫を尊敬するし、そこに痺れる憧れる。私は「他人がどう思おうが、自分はこれが好き」と言えるものがある人が好きなのだ。

とはいえ、初対面で「刃物と銃と毒物が好きです」と言われたら、そっと席を立ったと思う。夫はナイフとエアガンを収集しており、毒好きが高じて毒物劇物取扱責任者の資格をとっている。

それらの趣味に偏見はないが、知らない異性には「ヤベえ奴かも」「殺されるかも」と危険予知センサーが働くものだ。

それでも何度か会ううちに「人として信用できる」と思ったから、夫と付き合った。初めて家に遊びに行った時、『KGB殺人術』『傭兵マニュアル』などが並ぶ本棚をみて「家宅捜索されたらヤバそうだな」「全然趣味が違うな」と思った。夫の方もそう思っていたようだ。

でもべつに全然大丈夫だった。自分に理解できなくても、相手の好きなものを尊重する。夫と私はそこの価値観がマッチしたのだと思う。

タラレバ娘のヒロインが「SATCを否定する男とは付き合えない」と言いつつ、相手の好きな映画は否定する場面を読んで「そういうとこやぞ」と思った。

本人は「自分は妥協できない女」「だから結婚できない」と考察するが、「自分の趣味に合わせろ」と押しつけるのはモラハラの発想だし、狗法眼ガルフ様である。

（狗法眼ガルフ様……北斗の拳の登場人物。「この街では犬こそ法律！」と圧政で民

を苦しめる犬好きの暴君。愛犬のブルドッグの名前はセキ）
「ワンちゃんよりおキャット様派」という民を不敬罪で捕らえて死刑に処してはならない。二度とカレー沢先生の作品を読めなくなる。そういう邪知暴虐をする奴は趣味や好みに問題があるんじゃなく、人間性に問題がある。

当コラムの担当女子は、妻は読書が趣味の文系インドア派、夫はスポーツ大好きのアウトドア派だそうだ。「彼は通勤手段が『ＲＵＮ』なんですよ」という飛脚みたいな夫と暮らす彼女は「でも２人でキャンプに出かけたり、新たな楽しみを知れたのはよかったです」と話していた。

妻は元水泳部でバリバリの体育会系、夫は理系でゴリゴリのオタク、という仲良し夫婦もいる。

結婚前の妻は「漫画を読んだことがない、コマを読む順番がわからない」と１００歳の老人みたいな発言をしていたが、夫と付き合って「漫画って面白い！」と開眼して、先日会った時はずっと『鬼滅の刃』の話をしていた。

一方の夫は運動音痴のかなづちだったが、災害や水難事故に備えて、妻とプールに通ってふしうきやバタ足の練習をしているらしい。

このように、いい意味で影響を与え合う夫婦もいる。私も夫婦で共通の趣味があるのはいいなと思うが、うちはお互いの趣味に興味がないし干渉しない派の夫婦である。もともとうちは別行動派の夫婦だ。私は寂しがりやだけど1人の時間がないと死ぬ人間なので、夫が釣りや道場に出かけてくれる方がありがたい。

また、うちは混ぜない派の夫婦でもある。我々はいわゆる「家族ぐるみの付き合い」を一切しない、気をつかうし面倒くさいから。私は夫の友達に会うヒマがあったら、自分の友達に会いたい。

そこの価値観がマッチしているのもよかった。「夫の友人を招いてホームパーティーをして、妻が料理の腕を振るう」みたいな話を聞くと「面倒くせえな」とゾッとする私。そもそも振るう腕もないし、夫もそんなことは望んでいない。

私が家で女子会をする時は夫は釣りや道場に出かけるし、夫が男友達を呼んでファミコン大会とかする時は、私は女友達と遊びに行く。

私は女友達と遊ぶのが趣味なので、外食や旅行も女子と楽しんでいる。食や旅に興味のない夫は己の趣味に邁進していて、それが我々にとってベストな形なのだ。

夫婦の形に正解はなく、2人に合った形にカスタマイズすればいい。「結婚したら自由がなくなる」と言われるが、我々はお互い自由に好きなことをしている。それは子どもがいないことが大きいが、子どもを持つ・持たないも夫婦2人で決めることだ。

夫婦と趣味問題でいうと、オタク夫婦の妻は「オタクに理解があるのは楽だけど、ジャンルは違う方がいいかもね。同じジャンルだと解釈違いで揉めるから」と話していた。

解釈違いが勃発しても、相撲やチェスで決着をつけられればいいが、そこから離婚裁判とかになるのはまずい。裁判官もオタクだったら「いや私はまた別の解釈だ」とますます泥仕合になる。

そう考えると、夫婦で好きなジャンルが違う方が平和なのかもしれない。

カレー沢先生が『カレー沢薫の廃人日記』に「夫が1本2万以上するスタッドレスタイヤを買うと聞いて、変態じゃないかと思った」「そのタイヤは子安武人の声でしゃべるのか」と書いていた。

私も車に興味ゼロなので共感したが、さらに変態じみた話を聞いた。それは「知人の夫がバスオタクで、バスを買った」という話だ。

バスオタク氏は30人乗りのバスを運転してイオンに行ったり、家族で墓参りに行ったりするそうだ。停車中、たまにバス停と間違えて人が並ぶらしい。

私も夫から「バスを買いたい」と言われたら「そのバスは津田健次郎の声でしゃべるのか？」と聞くだろう。もしそうなら轢かれてもいい。

バスがセクシーボイスで囁かなくても、家計が破たんしてバス暮らしにならなければ問題ない。何を好きになるかは個人の自由なのだから。

夫は自分の好きなことをして機嫌よく生きているし、いつも上機嫌な人と暮らすと、こちらも上機嫌でいられる。

「定年後の父親がものすごくウザくて、ありえないほどウザい」と嘆くＪＪは多い。「無趣味だからずっと家にいて、母が出かけると不機嫌になるのよ。この前、母が入院した時は『お父さんの世話、よろしくね』と頼まれて、本当に大変だった……」「世話ってなに？　トイレの砂とか替えるの？」

こういう話を聞くと「お父さん、死んでくれてありがとう」と空に向かって合掌する。無趣味で友達もいない親は、やたら子どもに干渉するカマッテ老人になりがちで、「早く永眠してくれねえかな〜」とボヤくＪＪたち。

そう考えると、やはり趣味がある夫の方がいい。ヒマな老後は夫婦で共通の趣味を楽しむのもいいかもしれない。

夫も「たまには一緒に釣りに行く？」と誘ってくるが、彼の釣りは「テトラポッドに直寝して、トイレは海」とか野性味が強すぎて無理である。だが「釣りエサが尽きたから、フナムシを素手で捕まえて半分にちぎってエサにした」みたいな話を聞くとキュンとする。

心臓の誤作動？　不整脈？　と心配されそうだが、健康診断で異常はなかった。夫と出会った当初、恋愛感情はなかったものの「蜘蛛はチョコレートの味がする」「イノシシは耳が急所だから石で狙えば倒せる」みたいな発言にはキュンときた。

私の結婚したい男殿堂入り1位は、平賀＝キートン・太一先生だからである。マッドがマックスな環境で生き残れる人物に萌える私は、『サバイバルゲーム　MAN VS WILD』のベア・グリルスのファンでもある。

ベア・グリルスはイギリス軍特殊部隊SAS出身の冒険家で、世界中の秘境を巡って「ここでは貴重なタンパク源です」と言いながら、カタツムリを食べては「まるで巨大な鼻クソです」、イモムシを食べては「鼻クソで作ったソーセージのようです」と食レポをしている。

私は食の趣味が合う男よりも、素手でフナムシを捕まえる夫が好きだ。一緒に山登りした時も素手で蛇を捕まえていたし、いざという時は皮をはいで丸焼きにして、料理の腕を振るってもらいたいと思う。

26 わが家に借金取りがやってきた！

数ヶ月前、父が飛び降り自殺した。

その一連の話を「毒親の送り方シリーズ」としてコラムに書いた後は、心穏やかに暮らしていた。

要するに、私の中ではもう終わった話だったのだ。

そこへ「まだ終わらんよ！」と突然カットインしてきたのが、借金取りさんだったのである。

家にやってきてほしくないランキングでいうと、借金取りとゾンビは同率首位だろう。ゾンビは丸太で頭をカチ割っても許されるが、借金取りさんの頭をカチ割ると逮捕される。

なので丸太以外の方法で対処したのだが、今回もいろいろと学ぶことがあった。私の体験が少しでも誰かの役に立てば幸いだ。

また、当コラムの内容は「※あくまで個人の感想です」であり、私は借金や法律について素人のボンクラである。なので、専門的なことはプロに相談してほしい。


それはとても寒い日のことじゃった。


とても寒い日なのに給湯器がぶっ壊れて、風呂に入れない事案が発生していた。そこで新しい給湯器の見積もりをとったら「25万円」と提示されて、目玉がビョーンと飛び出した。

「生きるってお金がかかるのね……」と落ちた目玉を拾っていた、ある日の午後。

突然、インターフォンが鳴った。モニターを見ると、マンションのエントランスに立つ男性の姿が映っていて「××××の者ですが、○○○○さんの娘さんでいらっしゃいますか？」。

××××はとある金融機関の名前で、○○○○は父の名前である。借金取りさんは何の前ぶれもなく、奇襲をかけてきたのだ。こちとら43歳のＪＪなのに、心筋梗塞を起こしたらどうしてくれる。

説明しよう。

20年前、私は父に脅されて、とある書類に署名捺印をさせられた。具体的な金額などは記載されていなかったが、「なんかヤベーやつだな、たぶん借金の保証人とかだな」と私は思った。

思ったけれど「判子を押さないと俺は死ぬ」と脅迫されて、従ってしまった。

今の私なら「たわごとは地獄の鬼にでも言え！」とケンシロウのようにかっこよく拒否しただろう。でも、当時の私はまだ23歳の娘さんだったのだ。

だから父の脅しに逆らえなかったし、「おまえには絶対迷惑かけない」という父の言葉を信じたかった。

今の私なら「おまえが一度でも人との約束を守ったことがあるのか？」とケンシロ

ウ（以下略）。でも当時の私は、父に多少は愛されていると信じたかった。

その後も何度か金を脅し取られ、ようやく「父にとって自分は、利用して搾取する対象だ」と認めることができた。それで完全に連絡を絶ち、去年、死体とご対面となったのである。


「毒親の送り方シリーズ」に書いたが、父の死後3ヶ月以内に、私は相続放棄の手続きを行った。だが、相続放棄をしても「保証人」の義務は放棄できない。

ゆえに20年前の書類のことはずっと心の片隅にあって、時限爆弾を抱えている気分だった。いつか厄介なことが起こるんじゃないか……その不安がまさに今、的中したのである。


場面は戻って、私は「どうぞお入りください」と解錠ボタンを押した。ここで居留守を使っても、問題を先送りにするだけと思って。

そして「一世一代の大勝負や……女優になるのよ、マヤ!!」と拳を握りしめた。

「父に脅された不幸な娘」かつ「生活に余裕のない中年女性」の役を演じて、情に訴える作戦に出ようと決めたのだ。

「借金取りと勝負する日のファッション」の正解がわからないが、フリーランスの制服であるヨレヨレのパジャマを着ているので、金持ちには見えないだろう。ＶＥＲＹ妻みたいな恰好をしてなくてよかった。

しかし私は体が丈夫なデブなので、やつれ感はない。かつ、わが家はそこそこオシャレである。

中古マンションをリフォームしたのだが、輸入壁紙やインテリアに凝っているため「生活に余裕がない」という設定に説得力がない。

「そこは演技力でカバーするのよ、マヤ!!」と白目になりつつ、玄関のドアを開けた。

借金取りさんは地味なスーツ姿のおじいさんだった。定年退職後に再雇用された職員かもしれない。そんな年まで働くおじいさんも大変だが、今は私の方が大変な状況である。

その後、おじいさんから名刺をもらって、リビングのテーブルで向かい合った。

爺「突然すみません。去年、お父様が亡くなられましたよね」

アル「はい……父とは絶縁していて……ずっと会ってなかったんですが……」

三点リーダー多めで、中森明菜のモノマネをする友近のモノマネ（小声&伏し目）で話す。

アル「それが去年……父が自殺したと連絡が入って……」

そう言いながら、一気に涙があふれた。「私、こんなに嘘泣きができるんだ」という新鮮な気づきである。

「死んでくれてホッとしました！」と本音を言うと心証が悪いので、さめざめと泣きながら事情を話した。

両親は私が10代の時に離婚したが、その後も父には苦しめられてきたこと。何度も脅されて金を巻き上げられたので、引っ越しして携帯も変えて、連絡先も教えていなかったこと。

「そうですか、お父さんは自殺されたんですね。娘さんも大変でしたね……」

オーディエンスはまんまと同情している様子だった。「恐ろしい子！」と自分を褒めたいが、私はマヤより月影先生に近い年齢である。40歳を過ぎたＪＪはみんな女優になるのかもしれない。

アル「父の遺書に『相続放棄してくれ』と書いていたので、相続放棄の手続きは済ませました。父はいろいろと借金を重ねてたんだと思います。それで生活苦の末に死を選んだのかと……」

涙ながらに話す私に、おじいさんは本題の借金について説明を始めた。詳細は覚えてないが、ざっくりこんな内容だったと思う。

爺「アル子さんはお父さんの会社の債務の連帯保証人になってますよね？」

アル「私は何も知らないんです。20年ほど前、父に脅されて無理やり書類に署名捺印させられた記憶があるだけで」

爺「そうですか。アル子さんは保証人になっていて、保証人の義務は相続放棄できないんですよ」

アル「そうなんですか……ただ、私自身も生活に余裕がなくて……」

ここでカッと吐血しようかと思ったが、体が丈夫なデブなので出なかった。おじいさんはカバンから書類を取り出して、こう続けた。

「こちらが債務の内容です。元本が2000万、利息を含めて5000万になります」

パリーン!!!!!（目玉が吹っ飛んで窓ガラスを割る音）

5000万……5000万っててめえ……ふざけんなコノヤロー!!!!!!

紅天女からアウトレイジになってジジイの頭をカチ割ろうかと思ったが、悪いのは目の前のジジイではなく父である。そして私は父に脅されて保証人にさせられた被害者である。

だがそれを証明するのは難しい、ということも知っていた。いったん保証人になってしまうと、それを無効にするのはきわめて困難であると。

おじいさんは「うちとしては利息は全額減免してもいい、元本さえ回収できればいい」という趣旨の話をしていたが、元本つっても２０００万じゃねえかコノヤロー！

しかも私が借りた金じゃねえぞバカヤロー！　とグレッチでぶん殴りたい気分だった。

しかしわが家にグレッチはないし、遺骨の前にはフィギュアがある。まずい。

父の遺骨の前にスタープラチナとザ・ワールドのフィギュアを飾って遊び心を演出していたのだが、そんな演出するんじゃなかった。ふざけた人間なのがバレるじゃないか。

私は再びマヤになって「私の収入は微々たるものですし、義理の母を養ってもいるので、生活に余裕がないんです……」と貧乏アピールをした。

先方もまさか2000万を回収できるとは思ってないだろう。毎月少額ずつ返済を続けるという話をすれば、おそらく手打ちになるだろう。

とにかく私はもうこの問題に悩まされたくない。この場で決着をつけて終わりにしたい。

そんな思いから「なんとかお金を捻出して、毎月、少しずつでも返していきたいと思ってます」と打診して「死ぬまで毎月、1万円ずつ振り込む」という話で決着をつけた。

先方はあっさり納得して「もし1万円が厳しい時は5000円とかでもいいから、とにかく継続して払ってもらうことが大事です」的なことを言っていた。

意外とゆるい印象である。私が借りた金じゃないし、境遇に同情されたのかもしれないが、話し合いは30分程度で終わった。

こうして借金取りさんは「実は私も三部推しなんですよデュフ」とか言わず、普通に帰っていった。私も「拙者は四部推しでござる、仗助と露伴のカップリングがデュフ」とか言わず、玄関のドアを閉めた。

それから廊下に座りこみ、深いため息をついて呟いた。「1万円じゃなく5000円って言えばよかった……」

私があと40年生きるとしたら、計480万支払うことになる。480万あったら何が買える？　とりあえず給湯器はいっぱい買える。

あの悪魔の毒々モンスターペアレントのために、自分が必死で稼いだ金をまた使うのだ。死ぬまで一生搾取され続けるのだ。マジでブッコロ助になりたいが、相手はもう死んでいる。

「現実なんだから、乗り越えるしかない」。いつものように自分に言い聞かせて、よっこいしょういちと立ち上がった。

「Aちゃんに電話するナリ」（コロ助のモノマネで）

Aちゃんとは東京に住む友人で、心根の優しいおっとり敏腕弁護士である。父の自殺コラムを読んで「何かあったらいつでも相談してね」と言ってくれていたので、お言葉に甘えることにした。

Aちゃんに電話すると「大変だったねえ」と労わってくれて、親身に話を聞いてくれて、それだけでめちゃめちゃ救われた。友情パワーは尊いナリよ。

A「親に脅されて判子を押した、内容を知らずにサインしたとか主張しても、裁判所で認められるのは難しいんだよね。実印を盗まれてサインも偽造されたとか、立証できれば別だけど」

アル「昭和の演歌歌手とか借金の保証人になってエラい目に遭ってるもんね。それはコラムでシェアするわ」

A「うん、署名押印の効果がものすごく重いことは、もっと知られてほしい。こういうことって学校でも教わらないから」

皆さんも借金の保証人にならないように注意しよう。実印は厳重に膣の中とかにしまっておこう。

その他、Aちゃんから大切な話をいっぱい聞いたので、また次回書きたいと思う。

たとえば、親きょうだいが死んで（相続放棄が可能な）3ヶ月以上過ぎてから借金が出てくるケースなど。うちには借金が得意なアホアホ丸という弟がいるので、そっちもヤバい。

人の死には金がからむのでややこしい、親族で殺し合いが起こるのもよくわかる。

Aちゃんも「汚いものを見すぎて、すっかり性悪説になっちゃった」と話していた。

そんな彼女は父の借金についても、他にどんな選択肢があるかを教えてくれた。

「人に相談するのは大事ナリ」とブッコロ助は声を大にして言いたい。

20年前、23歳の私は毒親のことを誰にも話せなかった。

自分の家庭環境がみじめで恥ずかしかったし、「私には頼れる家族がいないんだから、全部ひとりで背負わなきゃ」と思い込んでいた。

なにより「父親が困ってるのに、助けないなんてひどい」と洗脳されていたのだ。

もしあの時、身近に頼れる人がいて、相談できていたら。「ひどいのは父親だ、あなたが罪悪感をもつ必要はない」「彼らは人の良心につけこみ、利用して搾取する。そんなモンスターからは逃げるしかない」と教えてくれる人がいたら。

私は「実印を膣にしまって逃げる」という道を選べたと思う。


だから、絶対にひとりで抱え込まないでほしい。身近に話せる人がいなければ、弁護士の無料相談や行政の相談窓口などを頼ってほしい。

私は人に頼れるようになって、格段に生きやすくなった。さらに今回の奇襲騒動の後、ますます生きるのが楽になった。その予想外の心の変化についても書きたいと思う。


そんなわけで次回「わが家に借金取りが再びやってきた、もうええわ!」お楽しみに♪

27 わが家に借金取りが再びやってきた、もうえええわ！

(前回のあらすじ) わが家に借金取りがやってきて、北島マヤになって対応した。

『ガラかめ』を読んでいて本当によかった。ちなみに私は『ベルばら』のお陰で、フランス革命だけは詳しい。お子さんたちはどんどん漫画を読んでほしいと思う。

そんなわけで弁護士のAちゃんに電話して、相談に乗ってもらった。以下は法律の素人のブッコロ助が書いた文章なので、詳しいことはプロに相談してほしいナリ。

借金にも「時効」が存在するが、父の遺した「元本が2000万、利息を含めて5000万」の借金は時効にかかっていなかった。というのも(借金取りのおじいさんの話によると) 父が自殺する直前まで、毎月1000円ずつとか返済していたからだ。

先方は時効にさせないために「少額でもいいから毎月振り込め」と指示していたと

思われる。

前回書いたように、私は「とにかくもうこの問題に悩まされたくない。この場で決着をつけて終わりにしたい」との思いから、その場で交渉して話をまとめた。

私の場合は結果オーライだったが、本来はその場で何も決めず、弁護士に相談するのがベストである。

と、Aちゃんに相談してよーくわかった。こういうことこそ義務教育で教えるべきだろう、年号とか覚えるよりよっぽど大切である。火縄くすぶるバスチーユ（1789年、フランス革命）。

Aちゃんによると、時効になっていることを隠して返済させようとする、たちの悪い債権者もいるらしい。

A「ここで一番大切なのは『うっかり1円でも支払ってしまったり、借金を認める書類に署名捺印したりしてしまうと、時効主張も相続放棄も認められなくなる』ということ」

ハイここテストに出ますよー。赤いチェックペンと緑の下敷きを使って暗記しよう。そして借金取りに奇襲された際は、政治家の答弁をお手本に「私にはわかりかねます」「弁護士に相談します」botになって追い返そう。それから「債務整理　無料相談」でググってほしい。

父の借金については、以下の３つの対応策があるという。

①　自己破産
自己破産すれば保証人の債務はなくなるので、貯金や資産が全然ない人にはおすすめ。私は毒父のために自分が必死で稼いだ貯金を失うなど冗談じゃないので、これは却下。

②　個人再生

裁判所を通して、債務の整理をする方法。「圧縮した債務額を3〜5年間位で月いくら」などと返済方法を決めて、支払うもの。

③　任意整理

裁判所を通さずに債権者と交渉して、債務の整理をする方法。

②③はざっくりいうと「がんばって返すから、返済額をまけて」というやり方だ。私も借金が300万ぐらいならこれを選んだと思う。憤怒で血の涙を流しつつも、返済し終わってスッキリしただろう。

しかし父の借金は元本が2000万もある。悪魔の毒毒モンスターペアレントは23歳の娘を脅して、2000万の借金を背負わせたのだ。「子どもを愛さない親はいない」とか抜かす奴はグレッチでしばいたる。

世の中には子どもを利用して搾取する親もいる。今までさんざん苦しめられてきた毒父のために、本当は1円だって払いたくない。でも現実はそうもいかないので、トータルの支払い額はなるべく少なくしたい。

Aちゃんも「2000万は額が大きすぎるもんねえ。アルちゃんの状況や心境を考えると、死ぬまで月1万円ずつ払うのはアリだと思うよ」とのこと。

「ただしアルちゃんが夫さんより先に亡くなった場合、夫さんに保証債務が相続されてしまうけど」

そう、保証人の債務は私が死んでもチャラにならないのだ。マジでゾンビよりもしぶとくて恐ろしい。

だからみんな……絶対に署名捺印しないで……実印を膣にしまって逃げて……膣がゆるければアナルでもいいから……私の屍をこえていけ！！！

ここでガハッと吐血しようかと思ったが、体が丈夫なデブなので出なかった。話を続けると、私の死後に夫が相続放棄をすれば、保証債務はチャラになる。

が、それだとプラスの遺産も放棄しなければならない。私が必死で稼いで残した金を、毒父のために放棄させてなるものか。

アル「夫が私の死後に相続放棄しなければ、また借金取りが奇襲をかけてくるかな？」

A「うーん、わからないけど、その可能性はあるよね」

アル「その時は夫にマヤになってもらうわ！」

偽装離婚とか抜け道はあるのだろうが、毒父のためにそんなことするなど冗談じゃない。というか、すべてが冗談じゃないナリよ。

死んだ後まで迷惑かけやがって、ブッコロ助になって刀を振り回したいが、相手はもう死んでいる。でも生きてたらもっとややこしかった気がするので、よかったナリよ。

幸い両親は全滅しているが、私にはアホアホ丸という弟がいる。

「毒親の送り方シリーズ」に書いたが、父が自殺した夜に音信不通になったこの弟にも、何度も金を貸していた。過去に消費者金融の借金で首が回らなくなった時も、私が尻拭いしていた。

なぜうちの男どもはやたら首が回らなくなるのか、エクソシストのお嬢さんを見習ってほしい。

アル「アホアホ丸が死んだ時も、念のため3ヶ月以内に相続放棄した方がいいよね？　あとから借金が出てきたら困るし」
A「そうだね。アホアホ丸さんが独身で妻子がいないまま亡くなると、アルちゃんが相続人になるから。もし妻子がいても、妻子が相続放棄した場合はアルちゃんに回ってくるのよ」

相続は本当にホラーである。下水道からピエロが出てきたら失禁するが、身内の死後に借金が出てきたら脱糞する。

皆さんも脱糞しないために、身内が死んだ時は気をつけよう。

実際、音信不通だった親きょうだいが死んだ後、1年後とかに借金の督促状が届いて、その時はもう相続放棄できない、といったケースも多いらしい。

メシマズな話ばかりで申し訳ない。でも多額の借金を背負ったらメシも食えなくなるので、予習しといてください。

アル「不安がある場合は死後3ヶ月以内に相続放棄の手続きをすること。他に読者にシェアしたいアドバイスはある？」

A「郵便物には気をつけること、かな」

Be careful about the mail. と単語帳に書いて覚えよう。私もマヤのように白目をむいて「ブツブツブツ」と暗唱したい。

A「身内の死後にある日突然、督促状が届いたりするのよ。それを無視して放っとくと一括請求されたり、財産を差し押さえられるリスクもある。だから郵便物を見てよくわからなかったら、すぐに弁護士の無料相談とかに行ってほしい」

とにかく弁護士さんに相談だ！　という話である。Aちゃんからは、私も一応相談に行った方がいいとアドバイスされた。

A「私は書類を見てないし、ちゃんと弁護士に書類を確認してもらった方がいいよ」

アル「でも、おじいさんは何の書類も置いていかなかったんだよね」

A「そうなの？　だったら『20年前の契約書と、その後の取引経過も郵送してほしい』と連絡するといいよ」

というわけで、おじいさんの名刺の番号に電話をかけて、書類を郵送してほしいと頼んだ。すると先方は「郵送じゃなく、自宅に訪問して手渡す」と頑なに主張する。「とにかく会って渡したい」の一点張りで、ストーカー並みの粘り腰だ。

対面して私の出方を確かめたいのか、それとも外回りに出たいだけなのか。私も会社員時代、漫喫でサボりまくっていたので気持ちはわかる。でもなんで2回もうちに来るねん、もうええわ!!

と若干プンスコしていたが、その件を報告したらAちゃんはもっとプンスコしていた。

A「えー郵送でいいじゃない！　2回も借金取りと会わなきゃいけないアルちゃんが可哀想！」

アル「ありがとう〜。こんな優しい友達がいるんだから、借金があってもいいかって気がしてきた」

A「そんな悠長なこと言ってないで、おじいさんが来ても書類を受け取るだけにしてね！　なんか言われてもその場で回答せず、よくわからないので後日返事しますと言ってね！」

アル「承知したナリ」

A「あと、生活は苦しい感じでね！　ぼろぼろの穴のあいた服とか着て、貧乏アピールしてね！」

皆さんも借金取りと会う日のために、穴のあいた勝負服を用意しておこう。それで

「こんなうめぇものくったことねぇ」と泥まんじゅうをジャリジャリ食えば完璧だ。

して数日後、千の仮面をつけて待機していたが、おじいさんは書類を手渡して10分ほどで帰っていった。やっぱ漫喫でサボりたかっただけじゃないのか。

もしくは「利息は全額減免してもいいが、元本は減免できない」とリピートしていたので「２０００万はビタイチまけまへんで」と宣言したかったのかもしれない。

そんなわけで、私は２０００万の債務を抱える身となった。今まで一度も借金をしたことがなく、ひたすら一生懸命働いてきたのに、私めっちゃ可哀想。

おじいさんが帰った後、父の遺骨に向かって聞いてみた。

「父さんよ、なんでこんなに借金したんだい？　ギリギリでいつも生きていたいから？」

「さあ思い切りブチ破ろう」的なレスは返ってこなかった。結局、父はリアルを手に入れるどころか、家族を犠牲にして、全てを失って死ぬ羽目になった。

父は私に金を要求するたび「次の勝負で巻き返す」と言っていたので、ある種の依存症だったのだろう。バブルで一儲けした昭和の経営者あるあるかもしれない。

父が自殺した日、警察署に遺体の確認に行った時は冷たい雨が降っていた。窓をつたう雨粒を眺めながら、私はぽつりと呟いた。「なぜ父は自殺したのかな……」

夫「1985年に政府がプラザ合意に同意したせいだろう」

アル「はっ？」

夫「それで日本は円高になってバブル景気が起こり、やがて崩壊した。お父さんはその煽りを食らったんだろう」

「お父さんはアメリカに殺されたようなもんだ」という夫の言葉に、私は腹を抱えて笑った。そうやっていつも私を救ってくれる夫に対して、申し訳ない気持ちでいっぱいだった。

私が先に死ねば、夫が債務を抱える身となる。昔からずっと恐れていた「毒親のいる自分と結婚したら、相手に迷惑をかけてしまうかも」という不安が現実になってしまった。

おじいさんが再来した夜、私は夫に預金通帳を見せて「なるべくお金を残して死ぬから、そのぶんを借金の支払いにあててほしい」と告げた。すると夫は「そんなこと気にしなくていい」とさくっと答えた。

「多分その時はもう80歳とか過ぎてるし、借金取りがやってきたら、刀で首をはねればいい」

夫は剣道の有段者で、居合も趣味なのだ。「どんな刀を買おうかしら」とスマホで検索する夫を見ながら「変人と結婚してよかった」と思った。

そして「もう十分だ」と思った。親の借金ぐらいどうした、私はもう十分幸せじゃないか。

両親ともに遺体で発見されて、弟は音信不通だけど、私はこうして幸せに生きている。しかもこの借金騒動で、憑き物が落ちたように心が軽くなった。その憑き物の正体について、次回書きたいと思う。

※弁護士Aちゃんの解説を載せるので、ヤバそうな身内がいる人は要チェキ！

相続放棄できるのは「死後、自身に相続の開始があったことを知った時から3ヶ月以内」になります。

例えば、夫が亡くなった妻子については、通常は「夫の死亡」を知った時から3ヶ月以内です。

また、例えば「先順位の相続人（妻子など）」が相続放棄した後の「次順位の相続人（兄弟姉妹など）」については「（先順位の相続人が相続放棄をしたため）自分が相続人になったことを知った時から3ヶ月」になります。

ただ、被相続人のプラスとマイナスの財産が明らかでないことや、財産の調査に時間がかかることも多いです。その場合は前述の「3ヶ月」の期間内に家庭裁判所に「期間伸長の申立て」をして、相続放棄できる期間を延ばしてもらうこともできます。

　また、例えば音信不通だった家族が亡くなって、（死亡は知っていたけど）借金の存在は知る由もなくといった状況で、３ヶ月以上経ってからシレッと借金の請求をしてくる債権者もいます。

　その場合は、借金の消滅時効が成立していればそもそも支払う義務はないし、時効成立の有無にかかわらず、借金の存在を知ってから3ヶ月以内に相続放棄申述の申立てをすれば、相続放棄が認められる場合があります（ただし、そういった特別な事情を説明する必要があります）。

　注意しなければいけないのは、相続放棄の場合も、時効成立を主張する場合も、その前に一部でも支払ってしまったり、借金の存在を認めてしまったりすると、主張が認められなくなること。また、遺産の一部でも処分した後（預貯金の解約や遺産の売却等）だと相続放棄できなくなることです。

　なのでご自身で判断される前に、弁護士に必ず相談してほしいです。

28 借金取りがやってきて、心が軽くなった理由

このたびの借金騒動の後、憑き物が落ちたように心が軽くなった。ウンコで喩えると、宿便が全部出たようなスッキリ感があったのだ。

この憑き物の正体とは、罪悪感である。「父が自殺したのは私のせいじゃないか」、そんな思いが心の片隅にこびりついていたのだ。

無論、頭ではそうじゃないとわかっている。父は69歳の大人であり、彼の人生の責任は彼自身にある。子どもは親の人生に責任を負う義務などない。

父は家族を顧みず好き勝手に生きて、勝手に死んだ。私は父にさんざん傷つけられ、迷惑をかけられた。だからまあ、自殺したのは自業自得である。

と、頭では理解していた。死んだからといって「お父さんもつらかったんだね、育ててくれてありがとう」みたいな気分には1ミリもならなかった。

私は毒親ポルノ的なコンテンツが嫌いだ。一番ムカつくのは「絶縁していた毒親が余命わずかとなり、最期は和解してハッピーエンド」みたいなやつだ。

その手のお涙頂戴コンテンツは「親と和解するのが正しい」「親を見捨てるのは間違っている」と毒親育ちを追いつめる。なにより、当事者からするとめちゃめちゃ嘘くさい。余命わずかな毒親に「すまなかった、許しておくれ……」と手を握られても、許せるわけがなかろう。

「ふざけんな！　そんな一瞬の謝罪でチャラになると思うな！　私が受けてきた傷や苦しみはどうなる！　てめえの人生を美談で締めくくろうとするな！　結局それも自己満足の懺悔だろう！　そういうとこやぞ!!」

とバチギレたいが、死にかけの年寄りにキレたらこっちが悪者になる。

そのうえ「死にかけの親が謝ってるのに、許さないなんてひどい」「心の狭い薄情な娘だ」と責められたら、点滴にこっそり十六茶とか混ぜてしまう。

実際、毒親フレンズ同士で「親の介護は死んでもしない。弱ってる今がチャンス！と殺してしまうから」「わかる！」と頷き合っている。ポリス沙汰を避けるためにも、毒親とは関わらないのが賢明だ。

というのが私の意見だし、親が死んでからも変わらない。さすがに父が自殺した直後はショックだったが、２週間もすれば落ち着いたし、普段は父のことなど忘れて機嫌よく生きている。

それなのに、たまにふと思うのだ。たとえば原稿を書き終えて、昼間から銭湯でのんびり湯につかっている時。この後、寿司屋で昼酒でもキメるかな……と日常のささいな幸せを感じている時に「父はこんな時間も持てないまま、死んでしまったんだな」と。

父の住んでいたアパートは風呂も壊れて、ベッドはカビだらけだったという。外食する余裕もないギリギリの暮らしは、お坊ちゃん育ちの父にはキツかっただろう。

そんなことをふと考えて、可哀想で胸が痛んだ。もし私が父に連絡して、生活費を援助したり、たまに食事に誘ったりしていれば。そうすれば、父は自殺せずにすんだんじゃないか。

どうしても、そんな想像が浮かんでしまう。優しくするとつけこまれて、また金を無心されることは、痛いほどわかっているのに。だから縁を切ったのに、「親を見捨てた自分はひどい人間じゃないか」という罪悪感が消えなかった。

それはつまり、私が父譲りのサイコパスじゃない証拠である。私には人並みの良心や優しさがあるし、かつ、案外エモい人間なのだ。

父が死んだ1週間後ぐらいに、夢を見た。夢の中では、私と父と弟が3人で楽しそうに食事していた。私は父の笑顔を見ながら「あ、お父さん死んでなかったんだ、よかった〜」と思っていた。

そこで目が覚めて「……エモい!!」と叫んだ。となりに寝ている猫も夫もびっくりだ。

「家族はガチャだから、うまくいかなくてもしかたない」と頭ではわかっている。むしろ血のつながった家族だから厄介なのだと。

それでも潜在意識の中には「家族仲良しでハッピハッピー」という家族幻想が残っていたのだろう。

頭では納得していても、心はままならないものである。そんなわけで日々楽しく暮らしていても、心の片隅にうっすら罪悪感があった。

それが借金騒動の後、気づけば消えていたのだ。

「23歳の娘を脅して2000万の債務の保証人にするなんて、正真正銘のクズ、吐き気をもよおす邪悪、これだけの借金を背負わされたんだから、もう自分を責めなくてヨシ！」と、潜在意識さんがOKを出したのかもしれない。

もしくは「死ぬまで毎月返済するんだから、それでもう罪悪感はチャラでよくね？」と判断したのかもしれない。その両方のような気がする。

なんにせよクソが出切ったようにスッキリして、心が軽くなった。こんな予想外の効果があるなんて、人生はやっぱり面白い。

ここで毒親フレンズにお伝えしたいのは「私は父が死んで罪悪感はあったけど、後悔はなかった」ということだ。

毒親と絶縁したのは2億％正解だったし、過去に戻ったとしても同じ選択をする。死ぬ前に会っておけばよかった、なんて全然思わない。むしろ会わなかったことで自分を守れたと思う。

もちろんこれは「※個人の感想です」で、みんながそうとは限らない。でも「絶縁したまま親が死んだら後悔する」という一般論に流されないでほしい。自分が会いたくなければ会わなくていいし、それを決める権利があるのは自分だけだ。

私は両親が死んでホッとした。もう二度と迷惑をかけられずにすむし、「100歳まで生きて、介護や金銭的援助を求められたらどうしよう」と心配せずにすむ。

それはすごい安心感と解放感だったし、両親が早死にしてくれたことは、最大の子孝行だと思っている。

それと「あんな死に方をして可哀想だな」という気持ちは両立する。両親のことを可哀想だと思うが、自分が何かすべきだったとは思わない。だって、もらってないものは返せないから。

私がつらくて死にそうな時、彼らは何もしてくれなかった。というか、つらさの主な発生源は彼らだった。それなのに「親子は助け合うべき」とか言う奴は、ぶっころころすけになって家中ススだらけにしてやる。

ぶっころころすけが毒親フレンズにお伝えしたいのは「親がどんなにクソでも、友達がいれば何とかなる」ということだ。

実は3年前、「父が体を壊して入院している」との情報が知人経由で入ってきた。私はどうしたもんかいなと思って、ＪＪ仲間と集まった時に「病院に行くべきかな？」と相談してみた。すると満場一致で「行かなくていい」という意見だった。

「アルが決めることだけど、1回関わっちゃうと面倒くさいと思うよ」
「あのお父さんのことだから、またつけこまれて搾取されるでしょ」
「このまま親が死ぬまで逃げ切る方がいいんじゃない？」

父親を看取ったばかりの友人は「介護とかめちゃめちゃ大変だし、あのお父さんにそんなことしてやる義理ないし。1回会ってヘタに情が湧いてもアレだし、無視した方がいいと思うよ」と言ってくれた。
「会わないと後悔するよ」とか言わない彼女らに、私はいつも救われている。親が助けてくれなくても、友達がいれば何とかなる。

23歳の私は毒親のことを誰にも話せなかったが、43歳の私にはなんでも話せる味方がいる。だから私はもう十分幸せなのだ。

親のことで唯一後悔しているのは、23歳のあの時、実印を膣にしまって逃げなかったことである。

あの時、誰かに相談できていれば。「絶対に判子は押しちゃダメ！」「○○しなきゃ死ぬ、と脅すのは毒親の手口だから！」「それで万一死んでも、あなたのせいじゃないから！」「テロリストとは交渉しない!!」と言ってもらえれば、私は実印を膣（以下略）。

なのでどうか皆さんは膣圧を鍛えつつ、困った時は誰かに相談してください。1人で抱え込むと人生詰むので。身近に話せる人がいなければ、弁護士の無料相談や行政の相談窓口などを頼ってほしい。

私も今回のことで「とにかく弁護士さんに相談だ！」と学習した。そしてAちゃんに勧められたとおり、書類を持って弁護士の無料相談に行ってみた（各地域の弁護士会でも無料相談を行っているが、私は家の近くの区役所の法律相談に行くことにした）。

その日の担当弁護士さんは、30代半ばぐらいの感じのいい男性だった。「何食べのシロさんみたいな、めんつゆの貴公子が現われたら緊張するな」と思っていたが、リラックスした空気で話は進んだ。

書類を見た弁護士さんは、Aちゃんと同意見だった。「もし弁護士さんが私の立場だったらどうします？」と聞くと「僕も同じ方法を選ぶと思います」と同意してくれたので、やっぱりこれがベターな選択だと納得することができた。

アル「ただ返済額を毎月1万円じゃなく、5000円って言えばよかったな〜と思ってるんです」

弁護士「金融機関に出向いて交渉するのもアリですよ。1万円はキツいから5000円に減らしたいって。その時は、生活が苦しい感じを演出してください」

アル「ぼろぼろの穴のあいた服とか着て」

弁護士「そうそう、偽物のクロックスとか履いて」

アル「ベランダにあるやつを履いて行きます！」

やはり貧乏アピールは重要らしい。その時は偽クロックスを履いて、泥まんじゅうを持参していこう。千の仮面を装着して「こんなうめえものくったことねぇ」とジャリジャリ……と夢想していたが、わざわざ出向くのも面倒くさいので、試しに5000

0円を振り込んでみた。

それで先方は何も言ってこないので、このまま逃げ切りたいと思う。もし今後また何かあっても大丈夫、43歳の私には人に助けを求める強さがあるから。


20代の私はメンが貧弱貧弱ゥで、酒やセックスに依存していた。寂しさに耐えられなくて、彼氏がいないと生きていけない女だった。

それで合コンに参加して、男性陣が「父の日にプレゼントも贈らないような子とは結婚したくない」「俺も無理だわー（笑）」と話すのを聞いては、傷ついていた。

今そんな傲慢なアホどもに遭遇したら「やかましわ!!」としばいたる、凶器はもちろんグレッチだ。


ちなみに私はグレッチを武器だと思っているが、「ラット1つを商売道具にしているさ」のラットはネズミだと思っている。なのであれは「丸の内にお勤めの研究者（薄給）の歌」という認識だ。

世界は毒親育ちを傷つける、いともたやすく行われるえげつない行為に溢れている。

でも我々はそれに負けない、グレッチ族の戦士になれるのだ。

だから毒親フレンズのみんな、共に戦って幸せになろうな！　俺たちの旅はまだ始まったばかりだ!!（未完）

29 おわりに　結婚生活にドラマはいらない

父の自殺やその後の借金騒動もおさまって、わが家に平和が戻ってきた。

家庭は平和が一番であり、スリルや刺激は別次元に求めればよい。というのが私の持論なので、録画していた『新感染』というゾンビ映画を見た。これは新幹線の車内にゾンビがすし詰めになる話で、ギューギューに密度が濃い。

乗客たちは波紋使いじゃないので、ゾンビの大群に「逃げる」or「素手でどつく」という方法で立ち向かう。映画はスリル満点で面白かったし、ラストは感動的だったが、閉所恐怖症気味の私は吐きそうになった。

そしてその夜、夢を見た。それは阪神電車で梅田に向かう途中にゾンビに襲撃される夢だった。

普通電車なら尼崎センタープール前とかで下車できるが、直通特急なので止まらない。ディオ様に襲われるのは歓迎だが、ゾンビは見た目も不細工だし、奈良の鹿なみにガツガツしていて怖い。助けて、マ・ドンソク……！（『新感染』に出てくるマッチョ）

そこでハッと目が覚めて、となりに寝ているマッチョを叩き起こして「ゾンビが怖い！」と訴えた。すると夫は寝ぼけながら「大丈夫、ゾンビなんてミッキーマウスみたいなものだ」。

私「はっ？　どういう意味？」

夫「両方とも世界的に人気がある」

ミッキーマウスの大群に襲われたらゾンビより怖い気がするが、夫が背中をポンポンしてくれたので落ち着いた。

夫はこんなくだらない理由で起こされても、不機嫌になったりしない。かつ、つねに予想外の言葉を返してくるので飽きない。

私は三日坊主ならぬ三日阿闍梨を自称するほど飽きっぽくて、趣味も習い事も恋愛も長続きしなかった。だが、夫との結婚生活は14年間続いている。

昔「肉体的な刺激は飽きるけど、精神的な刺激は飽きない」という言葉を聞いて、なるほどなと納得した。

うちは会話の多い夫婦だと思う。どんなにセックスが良くても365日続ければ飽きるが、夫とは約5110日会話を続けていても飽きないし、「おもしれー奴」と乙女ゲーのイケメン風に思っている。

婚活中の女子から「パートナーに面白さは求めるな、それは女子トークで満たせばいい、と友達に言われるんです」と相談されて「何を求めるかは人それぞれだよ。それは友達の意見であって、あなたに当てはまるとは限らないよね」と答えた。

私の場合は、会話していて面白い相手じゃないと無理だった。そこは譲れなくて、それ以外のスペックとかはどうでもいいことに、夫と出会って気づいた。私の求める面白さとは、ギャグや話術ではなくて、独自性である。「そういう考えもあるのか」と井之頭五郎顔で、精神的な刺激を得たいのだ。

以前、報道番組でコメンテーターの若一光司さんが「男性か女性かどっちか？　という質問のやりかた。許しがたい人権感覚の欠如ですね。個人のセクシュアリティにそういう形で踏み込むべきじゃない。こんなことよく平気で放送できるね」と怒ったことが話題になった。

私が「若一さん、その場でちゃんと怒れて素晴らしい！」と絶賛していると、夫が「そもそも俺は他人が男か女かなんて気にならないけどなあ、宇宙人かどうかの方が気になる」と独自の意見を述べていた。

私「この人は地球人じゃないかも、宇宙人かも？　と思うことがあるのか」

夫「ある。ノルディック型宇宙人かな？　レプティリアン型宇宙人かな？　とついジロジロ見てしまう」

マジかと思ってツイートしたら、「わかります、旦那さんの気持ち」とリプがついて「マジか、わかる人おるんや」と新鮮な驚きだった。

夫が毎晩ヒストリーチャンネルの『古代の宇宙人』を見ているため、私も「遺跡や神社仏閣は宇宙人の基地」という認識になっている。

我々は『古代の宇宙人』を見ながら、晩ごはんを食べるのが日常である。その時にいろんな話をするのだが、先日は「外見コンプレックスに悩んでる女子は多いのよ」という話をした。

「子どもの頃、男子に出っ歯とからかわれて、笑顔を見せるのが怖くなったとか」と話すと「その男子は何もわかってないな」と夫。

夫「プテラノドン、イグアノドン、ヌルアノコドン……このドンはどういう意味か知ってるか？」

私「もちろん知らないけど」

夫「ドンは歯という意味で、歯の特徴から名前がついている。歯は硬いから化石として残りやすく、つまり歯は学術的にすごく重要」

出っ歯とからかう男子に「歯は学術的にすごく重要なんだぞ！」と論破してくれる人がいたらよかったのに。そうすれば、彼女らのコンプレックスも少しは軽減したんじゃないか。

今でも恐竜になりたい中年男と暮らしながら、「そういう考えもあるのか」と井之頭五郎顔になる私だが、出会った当初は「こいつ頭おかしいんじゃないか？」と疑っていた。

当時、夫にもうすぐ誕生日だと話すと「誕生日プレゼント、斧はどうかな？」と言われて、耳を疑った。「斧は便利だし、武器にもなる」と説明されて「私には使いこなせないと思う」と返すと、

夫「家に暴漢が押し入ってきたら、ウラララー！　と雄叫びをあげながら、めちゃめちゃに振り回せばいい。すると相手はどんな手練れの斧使いかわからないから、ひ

るんで逃げる」

めちゃめちゃに振り回した勢いで自分の頭を割りそうだが、「これはおそらく、愛情なんだろうな」と思った。同時に「いややっぱ頭がおかしいのかな？」とも思った。

29歳の私はエリート意識やハイスペ志向の抜けない女だったため、「こんな貧乏で迷彩服のキティGUYはやめておけ」コールが頭の中に鳴り響いていた。

一方で心の声に耳を澄ますと「この人を離しちゃいけない」と、かすかに聞こえるような気がした。

それが潜在意識の訴えなのか、イデの導きなのかはわからないが、あの小さな声を無視しなくてよかったと思う。

43年の人生を振り返ると、夫に出会う前はおおむね地獄だった。18歳までは毒毒モンスターペアレントと暮らして地獄だったし、20代は恋愛も仕事もうまくいかず、メンヘラビッチ化して地獄だった。

過去の私に現在の状況を伝えたら「そんな幸せが自分に巡ってくるなんて、嘘やろ？」と言うと思う。「調子いいこと言って、水素発生器でも売るつもりじゃないのか」と。当時水素はまだアレではなかったが。

過去の私は親や男に傷つけられすぎて、人間不信になっていた。「人を～信じて～傷つくほうがいい～♪」という綺麗事の歌詞に「死ね、武田鉄矢」とキレていた。

そんな自分に「嘘じゃないから、57転58倒するけど、ふんばれよ」という言葉を贈りたい。

両親が遺体で発見されたり、借金取りがやってきたりと、人生に波瀾万丈はつきものだ。だから結婚生活にドラマはいらない。

私は物欲もあまりなく、華やかな社交に興味もなく、地味で平凡な日常を愛している。そして、日常のささいな幸せを感じるたびに「夫婦に性別は関係ないな」と思う。

私と夫はたまたま女と男だが、女と女、男と男、それ以外の組み合わせでも、その間に恋愛感情や性欲がなくても、人は一緒に暮らすと家族になる。日常の小さな幸せを共有しながら、家族愛を育てていける。

29歳、恋愛地獄行脚に疲れ果てた私は「惚れたハレたはもういい、家族がほしい……ガハッ」と血を吐いていた。だから恋愛感情がないまま夫と結婚して、最初は一応セックスもしたけど、14年目の現在は完全にノーセックスである。

それでお互い何も困らないし、夫への愛情は増える一方だ。逆に恋愛感情や性欲が目減りしていったら、物足りなさを感じたかもな？　と思う。

これはあくまで我々の場合であって、夫婦の形は人それぞれ。夫婦はこうあるべき、なんてモデルはない。

個人的には「ロマンチック・ラブ・イデオロギー幻想が消滅すればいいのに」と思う。恋愛・結婚・生殖は3点セットという縛りが、人を不自由にしている気がするから。

家族はもっと自由でいいし、性別どころか種族も関係ない。うちにいる2匹の猫たちも大切な家族である。

友人の知り合いがソロモン諸島出身の男性と結婚したのだが、その夫氏は初めて日本に来た時「日本では人間と犬が結婚できるのか？」と斬新な質問をしてきたそうだ。彼の母国では動物は家畜であり、ペットという概念がないらしい。なので人間と服を着た犬がにこにこ散歩しているのを見て「これは、夫婦なのか？」と思ったらしい。ソフトバンクのCMを見て「あ、やっぱ結婚できるんだ」と思ったのかもしれない。

人間と犬や猫との婚姻届は受理されなくても、ペットをパートナーとして暮らすのも、幸せの形のひとつである。

独身の女友達は「結婚しなきゃというプレッシャーから、婚活をがんばったけど全然うまくいかなくて。自分の心を見つめたら『私、男と暮らしたくない』と気づいたんです。それで猫を飼ったら心が完全に満たされました」と語っていた。

私も猫のいない暮らしは寂しくて想像できない。でも老人になったら、自分が先に死ぬのが不安で飼えないと思う。

それもあって、老後のデンデラを夢見ている。女たちが共同生活するデンデラで猫や犬を飼いたいし、庭があればヤギやアヒルも飼いたい。それで女子校っぽくキャッキャウフフと暮らせば、愉快な老後になるんじゃないか。

以前は「もし夫が先に死んだら、寂しいし面倒くさいし、一緒に死んじゃおっかな」と思っていたが「いや、デンデラがあればイケるかも？」と考えるようになった。

これは私にとって、とんでもなく大きな変化である。

私は子どもの頃から「人生は苦だ、長生きなんか絶対したくない」と思っていた。20代は「いつ死んでもいい」と自暴自棄だったから、めちゃめちゃに酒を飲んで無茶なセックスをしていた。

「現実のつらさを忘れたくてシャブを打つ」みたいな感覚で、酒とセックスに依存していたのだ。それで一瞬は逃避できても、リバウンドでさらに地獄みが増す、という生活を29歳まで続けていた。

そんなある日、たまたま近所のバーで「聖徳太子宇宙人説」を唱える迷彩服のオタクと出会い、結婚することになるとは夢にも思わなかった。

結婚当初「もし今私が死んだら、夫は寂しいだろうな」と考えた。ひとりで猫にごはんをあげる背中を想像したら涙が出てきて、「そう簡単に死ぬわけにいかんな」と思った。

それから14年が過ぎて「なるべく健康で長生きしたい」と願うＪＪが爆誕した。

一方の夫は、不老不死になって46億年生きたいそうだ。人類が火星に到着する瞬間とか、見たいものがいっぱいあるらしい。

あの時の「この人を離しちゃいけない」という声は、宇宙からのメッセージかもしれない。とかはべつに思わないけど、平凡な地球人として、ロマンチックじゃない日常を積み重ねたいなと思う。

解　説——結婚していない私がこの本をオススメするたくさんの理由

金田淳子

本書のタイトルは『離婚しそうな私が結婚を続けている29の理由』だ。しかし夫婦関係だけにとどまらず、人生で問題が出来《しゅったい》し、決断が必要になったときに役立ちそうな「考え方のヒント」が詰まっている。

私（金田淳子）について自己紹介させてもらうと、公称十七歳の四十六歳で、独身。七十代の母親と同居している。私が独身なのは、相手に恵まれなかったせいかもしれない。しかしそもそも幼少期から「結婚したい」とも「子どもが欲しい」とも思ったことがない。つまり初志を貫徹しているというわけだ。自分の結婚とか生殖についてはこのように関心が希薄な私だが、これが二次元の男性キャラクターたちの同性愛となると、がぜんテンションが上がり、BL妄想だけで何杯でもご飯が食べられてしまう。アルテイシア氏の言葉を借りれば、リアルの男が必要ない「完全生命体」、それが私だ。

そういうわけで、本書がもしパートナーの選び方や、カップル円満の秘訣「だけ」を語る本であれば、私の人生とはあまり関係がない。しかし繰り返しになるが、本書は夫婦関係だけでなく、多くの人が何らかの形で直面するであろう問題について、アルテイシア氏が実体験に基づいて知識やヒントを与えてくれる。「恋愛って、セックスって、結婚って本当にいいものですね」「あなたもしましょうね」と、ライフスタイルを押し付けてくる嫌味なところもない。完全生命体である私も「なるほど！」「マジか」「それでそれで？」と、食い入るように読了してしまった。

まず全人類にオススメしたいのは、「子宮全摘手術」についての体験談だ。世間的に「子宮は女性のシンボル」というイメージが蔓延していると思うが、これをうのみにするといかにも恐ろしげな手術であり、術後の女性は女性でなくなってしまうかのように感じる人も居ると思う。私自身もこの手術について知識が乏しく、「術後、体調に変化が起きそう」という、何の根拠もない偏見があった。

しかしアルテイシア氏の信頼する主治医氏も言う通り、子宮を全摘しても「妊娠できなくなる」以外のデメリットはないらしい。妊娠する希望のない女性であれば、生理のわずらわしさが消え、子宮に関連する病の心配がなくなるという部分は、メリットですらある。子宮全摘しても卵巣は残されるので、更年期が早く来るということもない。さらにアルテイシア氏による実体験で、術後、性的な快感も損なわれないことが分かった。私は不勉強にも『キン肉マン』を読んでいないのだが、アルテイシア氏の比喩のおかげで、「悪魔将軍」については完全に「膣」というイメージになった。悪魔将軍がセックスというリング上に帰ってきたのを見届けて、読者の私も思わずガッツポーズだった。

古来「病は気から」とは言うが、「子宮」に「妊娠のための器官」以上の、「その女性を女性たらしめるもの」とか「女性の全身の健康に関わるもの」という意味を持たせてしまうのは、医学的に間違いであるだけでなく、子宮のない女性に対して失礼だ。私も無知ゆえに「全身に関わりそう」と思っていたが、端的にそれが間違いだと気づかされた。アルテイシア氏が身をもって示してくれたように、子宮がなくても女性は女性として十全に生きることができる。オナニーやセックスも以前と変わらずに楽しめる。子宮をやたらと崇めるのは、女性の人生の中で子を産むことばかりを強調し、他のたくさんの要素を矮小化してしまう危険性もあるだろう。

ともかくも、気の持ち方や予後の状態については、個人差が大きいと思われるので、外野が「大変なことだ」とか「大したことではない」とか決めつけず、まず当人に寄り添うことが大切だろう。そういった意味で、「子宮全摘手術」のくだりについては女性だけでなく男性にも読んでほしい。

このように読み応え十分の「子宮全摘手術」体験記だが、本書でおそらくそれ以上に圧巻なのは、「音信不通だった父親の突然死（自殺）」にまつわる実体験だろう。

親と絶縁すること自体、誰にでも起こることではないかもしれないが、私の周囲では（私を含めて）そこそこ起きている。仮に親戚まで数に入れると、多くの人にとって「音信不通の親戚」が一人ぐらいは居るのではないかと思う。私などは、アルテイシア氏と似たような報《しら》せがいつ来てもおかしくないので、他人事とは思えなかった。

父親の自殺について、アルテイシア氏の心境としては、あれこれ手配が面倒くさすぎるとか、これ以上の迷惑をかけずに死んでくれてよかったとか、とはいえ父親について良い思い出が皆無なわけではないとか、万感が胸に迫ってきて筆舌に尽くしがたかったろうと思う。しかしそんな時こそというべきか、アルテイシア氏はいつも以上のユーモアを発揮して、読者の緊張を解きほぐしてくれる。担当の刑事二人組が「どちゃくそにイケメン」であったことや、族長が「スティール・ボール・ランばりに遺骨の行方に興味津々だった」という部分には、不謹慎だが爆笑してしまった。「毒親の送り方」という陰鬱になりがちなテーマで、こんなに笑わせてくれるのはアルテイシア氏ぐらいだ。

この事件に関しては、さらにたたみかけるように、弟が連絡を全く寄越さなかったり、父親の借金取りが現れたりして、「そんな理不尽なことある?」と、一読者である私のほうが暴れそうになってしまった。無駄に暴れて体力を浪費したりせず、すぐ弁護士に相談するアルテイシア氏の判断力がたくましい。またこれらの明らかに相手に非がある事件について、かえって弟と縁を切る決断ができた、父親への罪悪感が払拭されたと書くアルテイシア氏のポジティブさには、惚れなおしてしまった。読者のためにも、呪詛や怒りや悲しみはこれ以上は書かないほうがいいと思って、あえて前向きにふるまっているのかもしれないが、器が大きすぎる。アルテイシア氏は、夫氏について（いい意味で）「アナルがガバガバ」と書いているが、なんのなんの、アルテイシア氏のアナルも（いい意味で）広大だ。

「死んでも全く悲しくない、血縁や法律上だけ身近な人」が死んだ時の、葬式の手配、借金取りへの対処、感情の持って行き方のマニュアルとして、本書は常に座右に置いておきたいと思った。

これらの体験談を縦糸とするなら、本書のメインテーマである「この夫と結婚を続けている理由」は、横糸となって織り込まれている。手術や身内の突然死という大きなライフイベントに、アルテイシア氏の夫氏はもちろん関わってくるし、要所要所ですばらしいサポートをするのだ。金銭的なサポートではないが、金銭以上にアルテイシア氏が必要としている精神的なサポートを、夫氏は惜しまない。

入院中は毎日会いに行く、アルテイシア氏の代わりに遺体を確認するなどといった、誰の目からもわかりやすいサポートだけではない。「中二病なので、手術痕をむしろ渋いと思う」「遺体の近くにいた亀の話をする」など、夫氏ならではの独特の感性が、アルテイシア氏の緊張や不安を絶妙に解きほぐしてくれる。

皆さんもそうだろうが、私は夫氏のおもしろエピソードが大好きだ。笑わせようとしているのではなく、思うままに行動しているだけで意外性が発揮され、おもしろくなってしまう。天然の逸材だと思う。

さらにこの男、おもしろいだけではない。男性からひどい仕打ちを受けた記憶がよみがえり、アルテイシア氏が八つ当たりしてしまった時に、こちらも怒ったり理詰めでたしなめたりするのではなく、「離婚なんかしない、俺はいつでもキミの味方だろう」と抱きしめるのだ……。このくだりには、私もあまりの人間力の高さ、アナルの広大さにふるえた。

このように書くと、アルテイシア氏の夫婦生活が続いているのが、夫氏だけの手柄のように感じてしまう人も居るかもしれない。しかし私は、夫氏がこんなにもおもしろく、愛にあふれた人間でいられるのは、アルテイシア氏あってのことではないかと思う。

アルテイシア氏は、差別をしない人、他人の評価を気にせず自分の好みを貫ける人が好きで、夫氏はそういう人だ、と本書でしばしば語っている。「そんなの誰だって好きですよ」と思う人が居るかもしれないが、夫氏の「他人の評価を気にしない」部分は、最初にお二人が知り合ったころの服装（迷彩服）だけでもかなり突き抜けている。また発言に意外性がありすぎるので、人によっては「こんな時に何を言ってるんだ」と呆れてしまうかもしれない。それらの鋭角すぎる個性をも、アルテイシア氏がむやみと批判せず大事に育ててきたからこそ、今の夫氏があるのではないか。アルテイシア氏は「おせんべいの片割れ」とか「割れ鍋に綴じ蓋」と謙遜するが、割れたせんべいは見た目はいまいちでも、安くて食べやすくておいしいから、むしろお得だ。他人に見せるための夫婦関係ではないのだから、割れせんべいでよいではないか。

リアルの結婚や恋愛にはあまり関心のない私だが、アルテイシア氏と夫氏のエピソードを読んでいると、ついつい「推し」に対するように応援したくなってくる。このまま年齢を重ねて、共白髪になってもガンダムネタでグフグフ笑っていてほしい。そして悩ましのアルテイシア氏が、家族関係でこれ以上悩まされることがないようにと、願うばかりだ。

——やおい／ボーイズラブ研究家

この作品は「59番目のマリアージュ」(株式会社AM運営「AM」連載)、「アルテイシアの59番目の結婚生活」(「幻冬舎plus」連載)を加筆修正・再構成した文庫オリジナルです。

離婚《りこん》しそうな私《わたし》が結婚《けっこん》を続《つづ》けている29の理由《りゆう》

アルテイシア

令和2年2月10日　初版発行

発行人――石原正康
編集人――高部真人
発行所――株式会社幻冬舎
〒151-0051東京都渋谷区千駄ヶ谷4-9-7
電話　03(5411)6222(営業)
03(5411)6211(編集)
振替00120-8-767643
印刷・製本―中央精版印刷株式会社
装丁者――高橋雅之

幻冬舎文庫

ISBN978-4-344-42940-6　C0195　あ-57-4